KB004736

Un été avec Colette

by Antoine Compagnon

콜레트와 함께하는 여름

Un été avec Colette

앙투안 콩파뇽
김병욱 옮김

muʃintree
뮤진트리

차례

01 - 왜 콜레트인가?   7

02 - "클로딘의 학교생활"   13

03 - "못된 윌리"   19

04 - "너의 아름다운 황금빛 머리카락"   26

05 - 레스보스   32

06 - 시도   38

07 - 동물들   45

08 - 맹수   52

09 - "나는 미시의 것"   58

10 - 뮤직홀   65

11 - 대장   71

12 - "내가 찾는 것은 사랑이다"   78

13 - 야생녀   84

14 - 파리   90

15 - 파샤   96

16 - 신문 기자   103

17 - "나는 미식가가 되고 싶다"   110

18 - 플로라와 포모나   117

19 - 영화계로   123

20 - 페미니스트?   130

21 - 젠더   137

22 - 출산   144

23 - 형제자매   151

24 - 팔랑스테르   157

25 - 베르됭   165

26 - "아이와 마법"   171

27 - 애인들   177

28 - 브르타뉴에서 남프랑스로   185

29 - 사후死後의 복수   192

30 - "소소한 삶들"   199

31 - "과거의 유혹"   207

32 - "우리의 위대한 말의 마법사"   214

33 - 나치 독일의 프랑스 점령   221

34 - 팔레 루아얄의 노파   228

35 - "작가들의 부업"   234

36 - 나이   240

37 - "문학 냄새가 코를 찌른다"   247

38 - 지지   255

39 - 전통   262

40 - 파란 종이   269

감사의 말   276

옮긴이의 말   277

■ 일러두기

- 이 책은 Antoine Compagnon의 《Un été avec Colette》(Equateurs, 2022)를 우리말로 옮긴 것이다.
- 본문에 나오는 도서·영화의 제목은 원제목을 번역 표기하는 것을 원칙으로 하되, 국내에 번역 출간 및 소개된 작품은 그 제목을 따랐다.
- 본문 하단의 주註 중 옮긴이의 것은 (―옮긴이)로 표기했다.

01

왜 콜레트인가?

내 이름은 클로딘이고, 몽티니에 살고 있다. 1884년에 거기에서 태어났지만, 거기에서 죽을 것 같지는 않다.

내가 가진 《도道 지리 교본》은 이 도시를 이렇게 서술한다. "주민 1,950명의 예쁜 소도시 몽티니-앙-프레스누아는 테즈 강 위에 원형 극장 형태로 세워졌다. 사람들은 이 도시의 잘 보존된 내리닫이 격자문 탑에 경탄한다….." 하지만 이 같은 서술은 내게는 아무 의미가 없다! (…) 이곳은 도시가 아니라 마을이다. 참 다행히도 거리는 포장이 되지 않았다. 소나기가 쏟아지면 작은 급류를 이루며 흘러내려, 두 시간 만에 말라버린다. 별로 예쁘지도 않은 마을이지만, 그래도 나는 이곳을 아주 좋아한다.(I, 7)[1]

---

1 〈전기〉, p. 241을 볼 것.

1900년 3월, 콜레트의 남편 윌리의 이름으로 출간된 《클로딘의 학교생활》은 이렇게 시작된다. 그 어조가 선례를 찾아볼 수 없을 만큼 전적으로 새롭고 불손하나, 대번에 그 가치를 인정받았고, 성공이 뒤따랐다. 콜레트는 1923년에 《청맥靑麥》을 발표하기 전까지는 자신의 성 '콜레트'라는 이름으로 책을 출간한 적이 없으나, 곧 인정받는 작가가 되었다. 프랑스어 자체를 바꿔버렸기 때문이다. 언어 자체를 더는 이전과 같지 않게 만들어버리는 작가, 위대한 작가는 그런 존재다.

"미네-셰리[2], 너 또 밤껍질을 벽난로에 던졌구나."

"아녜요, 엄마."

"맞지, 요 녀석아."

나의 어머니 시도는 부집게로 그 물증을 집어내어, 내 코 밑에 (…) 들이밀고 흔들어댔다.

"이 재들 좀 봐! 나의 소중한 사과나무, 버드나무, 느릅나무 재를 더럽히다니! 이걸로 어떻게 세탁을 한단 말이냐? 너에게 스

---

2 저자의 별칭으로 '사랑스러운 귀염둥이'라는 뜻.(─옮긴이)

콜레트와 함께하는 여름

위대한 작가란 신화들을 창조하고, 우리의 신화를 혁신하는 작가이기도 하다. "상투어를 창조하는 것, 그것이 천재다"라고 보들레르는 말했다. 콜레트는 적어도 세 가지 신화를 창조했다. 우선 윌리라는 이름으로 발표된 그녀의 초기 장편 소설 네 권의 장난꾸러기 여주인공 클로딘Claudine의 신화가 있다. 그리고 어머니가 돌아가신 후 그녀의 주요 등장인물이 된 시도Sido의 신화가 있고, 1958년 빈센트 미넬리가 감독한 영화에서 레슬리 카론이 열연하여 잊을 수 없는 인물이 된 지지Gigi의 신화가 있다. 사실 한 작가가 신화를 셋이나 창조했다는 것만도 엄청난 일이다. 거기에 네 번째 전설의 창조를 덧붙여야 하는데, 바로 신성한 괴물 같은, 위대한 국민 작가 콜레트 자체의 신화다.

《클로딘》 시리즈가 발표된 후인 1904년, 프랑시스 잠은 그녀를 "파리의 전설"(FJ, 25)이라고 부른다. 아직 그녀가 무언극 배우·무용수·희극배우·저널리스트·극작가 등의 활동을 시작도 하지 않았고, 광고계에도 뛰어들지 않았을 때다.

그녀는 프랑스의 어마어마한 근대 고전 문학 세대에 속한다. 클로델·지드·프루스트·발레리·페귀·콜레트, 이들 여섯은 모두 1868년~1873년의 5년 사이에 태어나, 20세기 전반의 문학을 독점하게 된다. 이들 중 가장 대담하고 가장 대중적이었던 작가가 이 화환花環의 유일한 여성 콜레트다. 그녀는 지드나 프루스트처럼 연금 수령자도 아니었고, 외교관도 고등사범학교 출신도 아니었으며, 대학입학 자격증조차 없었기에, 뮤직홀 연예인으로 일하거나, 나중에는 글을 써서 생계를 꾸렸다. 또한 연극계·영화계·라디오 방송계에서 일했고, 자신의 이름을 화장품 브랜드로 만들기도 했다. 그녀는 시대를 가로질렀고, 1·2차 세계대전을 겪었으며, 모든 것을 얘기했다. 1870년을 전후하여 태어난 위의 비범한 문인 6명 중, 클로델만 그녀보다 몇 달 더 살았다. 1954년에 사망한 그녀의 죽음은 위고·바레스·사라 베른하르트·발레리 때처럼 국장으로 치러졌다.

1950년대에는 사람들이 빅토르 위고와 콜레트의 작품을 통해 프랑스어를 배웠다. 우리의 받아쓰기 텍스

콜레트와 함께하는 여름

트였던 "아이들은 어디에 있지?"라든가 "담장 위의 사제" 등은 《클로딘의 집》에서 골라 뽑은 글들이다. 한데 지금은 어떤가? 어린 가브리가—콜레트의 이름이 가브리엘이었다—그 말뜻을 몰라, "검고 노란 줄무늬가 있는 작은 달팽이"(II, 986)를 가리키는 말로 생각했던 "사제관presbytère"이라는 아름다운 단어를 사람들은 아직도 쓸 줄 아는가?

콜레트는 시몬 드 보부아르가 예찬했던 자유 여성이었으나 페미니스트는 아니었으며, 어쩌면 오늘날의 페미니스트들은 그녀가 했던 삶의 몇 가지 선택을 비난할지도 모른다.

몽테뉴·보들레르·파스칼과 함께한 여름들에 이어, 말을 사랑하고, 사물을 느끼고, 질료를 만지고, 신체를 관찰하는 여성 콜레트와 함께 또 한 계절을 보낸다는 건 얼마나 즐거운 일인가!

《날의 탄생》에서, 그녀가 자신의 손을, 마흔다섯 살 난 여자의 손톱을 꼼꼼히 살펴보는 단락을 예로 들어 보자.

검게 변한 귀여운 작은 손, 이제 손마디들 주변이나 손 등의 피부가 제법 늘어났다. 손톱들은 짧게 깎여 있고, 엄지는 전갈 꼬리처럼 보란 듯이 위로 들려 있고, 베이고 긁힌 상처들도 많지만, 천만에, 나는 이 손이 부끄럽지 않다. 예쁜 손톱 두 개는 어머니의 선물이고, 그리 예쁘지 않은 다른 손톱 세 개에는 아버지의 추억이 어려 있다.(III, 298)

콜레트는 살펴볼 줄 아는 사람이었다.

　　　　　　　　　콜레트와 함께하는 여름

02

"클로딘의 학교생활"

콜레트는 어쩌다 글을 쓰게 되었는가? 그녀는 1935년 ~1936년에 《나의 습작 시절》이란 책에서 이에 관해 이야기하는데, 사실 이 책은 그녀를 글쓰기로 이끈 선도자이자 1931년에 사망한 첫 남편 윌리와의 갈등을 청산하는 책이다. 결혼한 지 한두 해 지난 1895년 무렵, 그녀는 그의 외도를 알게 되어 심한 우울증에 빠졌고, 그러자 그는 그녀의 주의를 돌리기 위해 그녀에게 "초등학교 시절의 추억을 종이에 끼적여"보라고 권하며 이렇게 덧붙인 모양이었다. "재미난 세부 묘사는 걱정하지 마, 아마 내가 거기에서 뭔가 끌어낼 수 있을 거야…. 돈이 거의 바닥났어."(III, 994~995) 그들은 욘에 있는 콜레트의 고향 마을 생-소뵈르에 가서, 초등학교를 방문하고 시상식에 참석하기도 했다.

콜레트는 공책 수백 쪽을 글로 채웠는데, 몇몇 이들—예컨대 윌리의 작업실에서 함께 일한 다른 대필작가 퀴르농스키(훗날 "미식계의 황태자"로 불리게 되는)—의 증언에 의하면, 그 분량이 6백 쪽이 넘었다. 하지만 윌리는 그것을 대수롭지 않게 여겼다. 그는 그 공책을 읽고나서, "내 생각이 틀렸군, 이건 아무짝에도 못 쓰겠어"라고 외친 모양이었다.(III, 995)

그 후 몇 년이 지난 뒤, 그는 자기 사무실 서랍에서 그 글들을 다시 보게 된 것 같다.

"이런, 이것들을 쓰레기통에 던져버린 줄 알았는데"라고 윌리가 말했다.

그는 공책 한 권을 펼쳐 들고 내용을 훑어보았다.

"좋은데…."

그는 두 번째 공책을 펼쳐보았고, 더는 아무 말도 하지 않은 채, 세 번째와 네 번째 공책을 펼쳐보았다.

"세상에! 나 같은 바보도 없을 거야…"라고 그는 중얼거렸다.

그는 공책들을 주섬주섬 쓸어 담더니, 평평한 챙 모자를 급히 챙겨서는 어느 편집자에게 달려갔고…, 그렇게 해서 나는 작

가가 되었다.(III, 1022)

그때부터 콜레트는 남편의 지침에 따라 착한 학생처
럼 작업을 시작하게 된다.

"이… 이 유치한 이야기들, 좀 뜨겁게 (…) 달궈볼 수 없겠소?
예를 들면, 클로딘과 한 학급 친구 사이의 우정이 너무 순해
빠진 것 같은데…." (그는 자신의 의사를 이해시키는 간결한 다른 방
식을 쓰기도 했다). "그리고 사투리, 사투리가 너무 많소…. 유치
한 짓거리도 그렇고…. 무슨 말인지 알겠소?"(III, 1023)

《클로딘의 학교생활》은 그렇게 탄생했다. 윌리가 그
의 작업실에서 만들어지던 다른 범작들보다 훨씬 더
수위 높게 수정하고 가미해서다. 올렌도르프 출판사에
서 1900년에 출간된 이 작품은 스캔들을 일으켰다. 퓌
제 사투리가 너무 많아서가 아니라, 다음 두 가지 이유
때문이었다.
　우선 이 소설은 세속 학교에 반대하는 팸플릿이었
다. 남녀 교사, 장학관, 의원, 장관과 장군 등, 제3공화

국의 모든 사람이 조롱의 대상이 된다. 장학관을 어떻게 조롱하는지 보자.

> 그는 거드름을 부리고, 아나이스가 고무지우개를 씹듯, 자신의 말들을 열정적으로 씹고 또 씹는데, 언제나 유행 지난 뻣뻣한 컬렉션을 차려입은 채다. 낡아빠진 양푼이 같으니라고! 벌써 한 시간째 그러고 있다! 이제 곧 그는 우리에게 바보 같은 질문을 던지고, 우리 모두 "교육계로 진출"해야 한다고 떠들어댈 것이다. 뭘 해도 그의 말을 듣는 것보다는 더 나을 거야.(I, 102)

1900년의 윌리는 드레퓌스 반대파, 말하자면 일종의 우파 무정부주의자였고, 자신이 하는 일의 의미를 잘 알고 있었다. 그렇다면 콜레트는? 당시 그녀는 생-소뵈르의 보충수업 지도교사 미스 테렝에게 많은 신세를 지고 있었으나, 그녀를 미스 세르장이라는 인물로 소설에 등장시켜 악의적으로 희화화했다.

두 번째 스캔들은 학교에서의 에로티시즘, 말하자면 미스 세르장과 그녀의 조교 미스 에매 사이의 동성애라든가, 클로딘이 아나이스나 뤼스 같은 여자친구들과 나누는 수상쩍은 애정 관계다. 윌리는 "어린 소녀들을 위한 것이 아닌, 이 어린 소녀의 (…) 산문"에 붙인 서문에서, 클로딘의 "순진한 패륜"을 강조했다.(I, 3~4)

소설에서 몽티니라는 지명으로 바뀐 생-소뵈르에서는 누구도 그 악의적 의도를 믿어 의심치 않았다. 콜레트 일가는 이곳에서 평판이 좋지 않았기에, 사람들은 이 소설을 일종의 복수로 여겼다.

이 첫 번째 《클로딘》이 성공을 거두고, 〈메르퀴르 드 프랑스〉에 라쉴드의 축복 기사까지 실리자, 윌리는 콜레트에게 《클로딘의 파리 생활》(1901)과, 여성 동성애 때문에 최고의 판매 부수를 기록한 《클로딘의 부부생활》(1902), 그리고 《클로딘 떠나가다》(1903) 등의 후속작을 쓰게 했다.

훗날 콜레트는 《클로딘》 연작을 쓴 것을 후회했지만, 1948년에 《전집》을 간행할 때 이 작품들을 빼지는 않았다. 《나의 습작 시절》에서, 그녀는 이렇게 쓴다. "(…) 나는 나의 첫 책을 그리 좋게 여기지 않았고, 후속작 세 편도 마찬가지였다. 세월이 흘러도 그런 생각은 별로 바뀌지 않았고, 지금도 나는 《클로딘》 연작 전체를 꽤 혹독하게 비판한다. 어리광부리고, 제멋대로 날뛰는, 약간 이상한 여자아이 이야기 아닌가."(III, 1024) 가장 나은 작품은 역시 첫 번째 《클로딘》이다. 학교와 마을의 초상화 때문이다. 뒤이은 작품들은 이 광맥을 이용하는 작품들로서, 콜레트 부부에게 많은 돈을 안겨준다. 그들은 1906년에 헤어질 때까지 호화로운 생활을 누렸다.

콜레트와 함께하는 여름

03

"못된 윌리"

분명 윌리가 아니라 빌리로 발음되곤 했을[3] 윌리Willy
의 진짜 이름은 앙리 고티에-빌라르다. 그는 멀끔한
신사였다. 아버지는 파리 이공대학 졸업생으로 프랑스
최초의 과학 서적 출판사 소유주였고, 가업을 물려받
은 형도 파리 이공대학 졸업생이었지만, 윌리 그는 보
헤미안, 말하자면 방랑 예술인 세계에 속했다. 조예 깊
은 음악 평론가로, 세기말의 파리에서 가장 눈에 띄는
사람 중 한 명이었고, 특히 그가 즐겨 쓰는 "평평한 챙
모자"로 유명했던 멋쟁이였다.(III, 999)

1893년에 15살 연하의 콜레트와 결혼할 당시, 이미
그에게는 불륜 관계에서 낳은 아들이 하나 있었고, 아

---

3 프랑스어의 '빌vil'은 '저급한, 경멸스러운, 무가치한' 등의 뜻을 지닌 형용사
다.(─옮긴이)

이의 친모가 죽은 후에는 콜레트가 사는 마을 인근에서 아이를 유모에게 맡겨 키우고 있었다. 콜레트는 그와 결별한 뒤 그를 몹시 원망했다. 훗날, 1943년에, 그녀는 한 여자친구에게 이렇게 말한다. "뭘 어쩌라고! 나에겐 선택의 여지가 없었어. 나이 많은 딸로 남거나 유치원 선생이 되거나였지. 나는 그에게 나의 20년, 나의 젊음과 1미터 58센티미터의 머리카락을 바쳤어. 그게 그를 한동안은 즐겁게 해주었지."(PB, 52) 하지만 그녀는 이 인간을 사랑했고, 신혼 초부터 그가 날이 갈수록 점점 더 젊은 여자들과 바람을 피웠음에도, 그를 떠나기까지 오랜 시일이 걸렸다. "불행을 예고하는 여자애들이 몰려들던 그 집을 나는 애써 부부의 집이라고 부르지 않을 것이다"라며, 그녀는 《나의 습작 시절》에서, 그를 사랑한 한풀이를 하고 있다.(III, 1027)

한데 사실 이 "못된 윌리"(CPS, 43)에게는 피그말리온 같은 점이 있어서, 콜레트에게 나이 많고 바람기 많은 남편이기만 했던 게 아니라 스승이자 가이드이기도 했다. 그는 라이트노벨을 생산하는 아틀리에를 운영했고 그 소설들은 그의 이름으로 출간되었지만, 파리 사회에서 그것들을 그가 쓴 소설로 믿는 이는 아무도 없었다. 민족주의자이자 군국주의자였던 그가 1898년 드레퓌스파의 청원서에 서명하길 거부했을 때, 쥘 르나르는 윌리의 글쓰기 보조원 중 한 명에게서 전해 들었다며 자신의 《일기》에서 이렇게 말한다. "베베르에게 들은 얘기로는, 그가 자신이 쓰지 않은 뭔가에 서명하길 거부한 것은 이번이 처음이라고 한다."(1898년 2월 17일)

윌리는 작품의 초안과 시나리오를 구상했고, 글쓰기는 다른 사람들에게 맡겼다. 누구에게는 묘사를, 또 누구에게는 대화를 맡기는 식이었다. 그런 다음 본인이 다시 고쳐 쓰면서 말장난이라든가, 욕설, 음탕한 암시 등을 덧붙였다. 훗날 콜레트는 이렇게 말한다.

"윌리의 경우"가 단지 작가들에게 봉급을 주고 그들의 작품을 자기 이름으로 내는 그런 보통 사람의 경우였다면, 그저 잠시 주의를 끌고 말았을 것이다. 불행하게도 이 직업 세계에는 항상 배고픈 사람들이 꽤 있어서, '대필작가'로 고용되어 입에 풀칠이라도 하려는 사람들이 끊이지 않을 것이다. 한데 "윌리의 경우"에는 한 가지 독특한 점이 있다. 글을 쓰지 않는 그가 그를 대신해 글을 쓰는 사람들보다 재능이 더 많았다는 사실이다. (…) 이 이상한 저자에게는 인쇄된 상품을 생산하고자 하는 욕구, 그런 욕망과 글쓰기 가능성 사이에 장애물이 하나 있었고, 몹시 끔찍했을 것으로 짐작되는 그 장애물의 형태와 본성을 나로서는 도통 알아낼 수 없었다. 그의 서신은 사실 글쓰기의 *거부*를 드러낼 뿐이다. 잡지에 싣는 몇 줄짜리 짧은 글 하나가 안절부절못하는 10여 쪽의 서신의 주제가 되고, 통상적인 하수인에게 자세한 여러 지침을 내리고, 요청하고, 불안해하고, 속달우편과 전보까지 동원하는 편지 대여섯 통의 대상이 된다.(III, 1032~1033)

《클로딘》 연작에서 콜레트가 그에게 빚진 것은 무엇인가? 물론 욕설이나 외설, 여성 간의 동성애도 있지만, 아틀리에에 꼼짝없이 틀어박혀 원고를 생산하는 작업 규율을 익히게 한 것도 있고, 언어를 절약하여 쓰게 한 것도 있다. 그녀는 그가 원고 여백에 칭찬은 없고 주로 질책을 끼적거려두곤 했다고 말한다. "분명치 않아." "너무 일러." "그들이 그렇게 하기로 합의한 건가? 그래? 그럼 그렇다고 말을 해야지!"(III, 1026)

콜레트와 함께하는 여름

나중에 그녀는 그의 글쓰기 무력증을 폭로하며, 그것을 "일종의 광장 공포증", "백지에 대한 신경성 공포"라고 부른다. 그는 종이를 백지로 남겨두지 않기 위해서, 편지의 봉투라든가, 신문에 두른 종이떠, 종이 한 귀퉁이 등에 글을 썼다. "내 생각에는, 너무나 자주 병적 기능 상실에 사로잡히는 그가, 처녀지의 가장자리, 아직 아라베스크 장식이 없는, 지표나 그은 줄이 없는 종이 가장자리, 그런 무책임하고 꾸밈없고 맹목적이고 배은망덕한 공백의 가장자리에 구역질을 느끼지 않고 앉을 수 있으려면 어느 정도의 용기와 진중한 인내가 필요한지 재보았던 게 아닌가 싶다…."(Ⅲ, 1035~1036)

하지만 그는 그녀에게 자신의 붓을 흡수하도록 강요했고 간결한 문체를 부여하여 그것이 그녀의 독창성이 되게 했다. 그녀는 그를 원망하면서도 그런 사실을 인정한다. "그는 '여보, 내가 최후의 서정시인과 결혼한 줄은 미처 몰랐어!'라고 말했다. 거슬렸지만 분명 옳은 말이었고, 내게 유익한 말이었다."(Ⅲ, 1029)

이 현대 커플의 부부생활은 윌리의 외도에도 불구하고 10여 년간 유지되었다. 1903년, 마흔네 살의 그는 늙은 데다 그녀의 말처럼 "불룩해진"(III, 1019) 반면, 그녀는 이제 갓 서른이며 다른 뭔가를 갈망한다. 어찌 보면 자신을 먹여 살려주는 나이 든 남자에게 싫증을 내고 신병 중위에게 마음을 주는, 그녀 소설의 등장인물 미추Mitsou 같기도 하다.

하지만 그들이 결별하게 된 결정적 계기는 따로 있다. 1907년에 열성적인 도박꾼인 윌리가 《클로딘》 연작의 저작권을 출판사에 몰래 팔아넘긴 사실을 콜레트가 1909년에 알게 된 것. 그녀는 그에게, "(…) 당신에게도 그렇고 나에게도 그렇고, 그 모든 걸 영원히 잃어버린다는 게 도대체 말이 되는 일이야?"라고 쓴다.(PB, 170) 그녀는 이 배신에 대해서만큼은 그를 영원히 용서하지 않는다.

이후의 판본들은 두 사람의 이름을 달고 출간된다. 윌리는 어느 신문 기자에게, "참 쓰리도록 우울한 코미디 아닌가요? 부부가 헤어지고 나서 두 사람 이름이 하나로 합해졌다는 게?…"라고 말한다.(PB, 176) 그 후 그는 문학적으로 재기하지 못한다. 그의 아틀리에는 최고의 학생이 떠나버리자 곧 파산하고 만다. 그녀는 언론에는 1913년까지, 출판계에는 1922년까지 콜레트 월리로 서명하지만, 첫 남편이 생을 비참하게 마감한 데 대해 어떤 연민도 품지 않는다.

04

"너의 아름다운 황금빛 머리카락"

나는 열두 살이었고, 언어나 행동거지가 조금 퉁명스러운 똘
똘한 남자아이 같았으나, 꼬락서니는 전혀 소년 같지 않았다.
몸매가 이미 여성화되어 있었을뿐더러, 무엇보다 내 몸 주위
로 채찍처럼 쉭쉭 거리는 소리를 내는, 길게 땋아 내린 두 가
닥의 머리카락 때문이었다. 그것을 나는 간식 바구니 손잡이
안으로 끼워 넣는 끈으로 쓰기도 했고, 잉크나 물감에 적시는
붓으로 쓰기도 했고, 개의 행실을 바로잡는 가죽 띠로, 고양
이를 놀려주는 리본으로 쓰기도 했다. 어머니는 내가 그 밤색
나는 금빛 채찍들을 훼손하는 것을 보면 앓는 소리를 냈고,
나는 그것 때문에 매일 아침 다른 학급 친구들보다 30분은 일
찍 일어나야만 했다. 어둑한 겨울 아침 7시, 나는 타오르는 장
작불 앞, 램프 불빛 아래에서, 어머니가 나의 흔들거리는 머
리카락을 솔질하고 빗으로 빗겨주는 동안 다시 잠이 들곤 했

콜레트와 함께하는 여름

다. 내가 긴 머리카락에 뿌리 깊은 반감을 갖게 된 건 바로 그런 아침들 때문이었다…. 《클로딘의 집》, II, 1013)

1893년 윌리와 함께 파리에 도착했을 때, 스무 살의 콜레트는 아직 청소년 같았고, 그녀의 긴 머리카락은 마주치는 모든 이를 매료시켰다. 쥘 르나르는 자신의 《일기》에 "장식끈 같은 긴 머리카락을 끌고 다니는 윌리 부인"이라고 적었고(1894년 11월 6일), 샤를 모라스는 자신의 회고록에서 그녀를 "발뒤꿈치를 치는 많은 머리카락"을 가진 사람으로 묘사하게 된다.(PB, 65)

콜레트의 긴 머리카락은 매일 아침 그것을 솔질하고 정성껏 보살핀 어머니의 보물이었다. 콜레트는《클로딘의 집》에서, 어머니가 "나의 머리카락을 달걀노른자와 럼주로 씻곤 했다"라고 적는다.(II, 1019) 〈거울〉이라는 글에서는, "내 주위로 채찍 끝처럼 쉭쉭 거리는 소리를 내는 너무나 촘촘한 두 갈래 머리 타래"라고 적는데, 그것이 그녀에게는 영광의 트로피이자 짐이었다.《포도나무의 덩굴손》, I, 1033) 태어난 후 한 번도 자른 적 없는 그 머리카락은 딸에 대한 어머니 시도의 지배력을 상징한다. 콜레트가 어렸을 때, 시도는 간간이 집을 비웠다가 파리에서 돌아오면, "나의 긴 머리 타래를 만지작거리며 냄새를 맡곤 했다. 그새 내가 머리카락을 솔질했는지 확인하기 위해서였다…."《시도》, III, 497) 가브리(콜레트)의 머리카락은 어머니의 것이었다.

《클로딘의 집》에서, 콜레트는 "긴 머리카락에 대한 자신의 혐오"를 거론한다. "머리가 길었던 언니" 쥘리에트에게는 그 긴 머리카락에 치명적인 뭔가가 있었다. 시도가 첫 번째 결혼에서 얻은 이 우울한 딸은 늘 방에 틀어박혀 소설을 읽으며 지내다 1908년에 자살한다. 윌리와 결혼한 후 우울증을 앓게 되었을 때, 콜레트는 자신의 병을 "나의 긴 머리카락, 나 자신보다도 더 긴 나의 무거운 머리카락…"과 연관시킨다. 하지만 풀어헤친 머리카락은 세상의 방패막이가 되고, 우울증 치료제가 되기도 한다. "날이 추우면 나는 머리카락을 풀어헤쳐 그 미지근한 시트 아래에서 몸을 녹였다. 밤에는 머리카락을 다시 땋았고, 머리 타래 *끄트머리가* 발가락 사이에 낄 때는 뱀 꿈을 꾸었다."(III, 1006) "미지근한 시트"이기도 하고 "뱀"이기도 한 이 머리카락은 해로운 것이자 이로운 것이다. 그것은 뭔가 신성한 것을 표상한다.

한데 1902년 가을, 콜레트는 자신의 땋은 머리카락을 잘랐다. 부프-파리지앙 극장에서 공연된 《클로딘의 파리 생활》에서 클로딘 역을 연기한 배우 폴레르와 비슷해 보이기를 바란 윌리의 요청에 따른 결정이었다. 그것은 남편의 성적 환상을 충족시켜주기 위한 것으로, 그는 사람들이 트윈(쌍둥이)이라고 부르던 두 말괄량이, 어린 소녀를 연기하는 이 30대 여성 둘을 데리고 산책하길 즐겼다. 유명한 사진 여러 장이 이 트리오, 말하자면 챙이 평평한 모자를 쓴 윌리, 그리고 둘 다 클로딘 깃을 단, 쌍둥이 초등학생 같아 뵈는 콜레트와 폴레르가 함께 포즈를 취한 모습을 담고 있다. 여성 동성애에 늘 호기심을 느끼고 있던 윌리는 공모 관계를 계속 이어 가는 걸 꺼리지 않은 듯하나, 폴레르는 그런 한 지붕 세 식구 생활을 거부했다.

땋은 머리를 자른 것은 콜레트에게는 해방 같은 것이었다. 그녀는 결혼한 지 10년이 지나서야 그렇게 어머니와 결별했다. 그 후 어머니는 이 배신을 영원히 용서하지 않았다. 시도는 1911년에도 그녀에게 이렇게 썼다. "땅바닥까지 내려오던 너의 그 아름다운 황금빛 머리카락은 어찌 되었니? 늘 나는 윌리가 질투심 때문에 그 머리카락을 자르라고 했을 거라는 생각이 들었어. (…) 내가 20년이나 공들인 그 걸작을 네가 없애버린 사실을 알고 나는 너무나 슬펐단다."(LC, 486~487)

사실 콜레트와 시도, 이 두 모녀 관계의 양면성을 이 머리카락, 이 사라진 걸작보다 더 잘 요약해주는 것은 없다.

《나의 습작 시절》에서, 콜레트는 머리카락을 자른 것이 신성모독에 맞먹는 것이었음을 부인하지 않는다. 그녀는 "(…) 나는 윌리 씨의 제안에 따라, 너무 긴 나의 머리카락을 잘랐다"라고 말한다. 하지만 그것은 그녀 자신의 결심이기도 했으며, 그저 남편의 요구에 따르기만 했던 게 아니었다.

솔직히 말하면, 나는 그저 내가 기른 그 불편한 긴 머리카락 줄이 떨어져 나가는 걸 보고자 했을 뿐이었다. 가위질이 시작되자 나는 기쁨을 맛보았고, 그 기쁨에 흠집을 낸 건 시도의

콜레트와 함께하는 여름

편지뿐이었다. 그녀는 이상하리만치 심각한 언사로 나의 행동을 비난했다. "너의 그 머리카락은 네 것이 아니라, 내가 20년간 정성을 쏟은 나의 작품이야. 너는 내가 너에게 맡긴 귀중한 위탁물을 네 마음대로 처분한 거야…."(III, 1049~1050)

그녀가 전하는 말은 시도가 한 말과 완전히 똑같지는 않다. 콜레트는 어머니의 말을 고쳐서 쓰지만, 그녀가 서른 살 즈음에 이 희생을 통해 맛본 해방감을 부인하지는 않는다. "(…) 나는 멍에와 가시에서 해방된 나의 이마를 흔들어보았고, 희열을 맛보며 '이제야 내 두피 위로 스치는 바람이 느껴지네!'라고 거듭 되뇌곤 했다."(III, 1050)

05

레스보스

    여성들 간의 우정과 사랑은 콜레트의 작품 곳곳에서 찾아볼 수 있다. 우선 윌리의 기획 덕택에 여자 동성애 사건이 다뤄지게 된 《클로딘의 학교생활》이 그렇고, 《클로딘의 부부생활》은 클로딘이 파리 상류 사회의 미국 여성 제니 어커트와 나눈 최초의 여성 동성애 사건을 전하는 작품이다. 일명 조지아로 불리던 이 르네 라울-뒤발 부인은 이 소설에 레지로 등장한다. 둘의 내밀한 관계는 《클로딘의 파리 생활》 출간 이후 시작되어, 1901년 3월부터 10월까지 지속되는데, 둘은 여름 내내 윌리와 함께 베이루트에 머무르며 바그너의 오페라 작품들을 감상하기도 했다. 원고는 이 에피소드를 쓴 이가 이번만큼은 분명 콜레트임을 보여준다. 조지아는 그녀만 상대한 게 아니라 윌리도 상대했는데, 같은 시기에 그와도 관계를 지속했다. 이 소설은 일종의 복수였다. 조지아는 그들의 작품을 출판해온 올렌도르프 출판사에 돈을 주며 이 소설이 '사랑에 빠진 클로딘'이라는 제목으로 출판되는 것을 막았지만, 윌리는 원고를 메르퀴르 드 프랑스 출판사에 넘겼다. 그리하여 이 소설은 《클로딘의 부부생활》이라는 제목으로 출간되어 《클로딘》 연작 중 가장 큰 성공을 거두었다.

여성 동성애는 윌리를 흥분시켰다. 그는 이 소설에 클로딘의 남편으로 등장하는 르노처럼, 아내의 애인을 경쟁 상대로 보지 않았고 동성애를 즐기도록 아내를 부추겼다.

"그건 같은 게 아니지! (…) 당신들은 뭐든 할 수 있소. 매력적인 일인 데다, 별일도 아니고…."

"별일이 아니라니… 저는 그렇게 생각하지 않아요."

"아니, 정말 그래요! 당신들 두 어여쁜 짐승 간의 일이고, 뭐랄까… 우리의 위안거리이기도 하고, 당신들이 스트레스를 푸는 기분 전환 거리이기도 하고…."

"아, 그래요?"

"…아니면 일종의 피해 보상 같은 거랄까, 당신들의 아름다움과 좀 더 비슷한 아름다움, 좀 더 완벽한 파트너를 찾고자 하는 논리적 귀결이지, 당신들만의 감수성, 당신들만의 결함을 서로 마주하고, 인정해주는 파트너 말이오…. 감히 말하자면(그럴 생각은 없지만), 어떤 여성들의 경우는 남자에 대한 취미를 보존하기 위해서라도 여자를 필요로 한다고 할 수도 있을 거요."(I, 453~454)

세기의 전환기, 이 부부가 자주 접촉했던 사회, 말하자면 자유분방한 귀족들과 부르주아 보헤미안들의 사회에는 윌리와 르노 외에도 그렇게 생각하는 이들이 적지 않았다. 콜레트는 1901년에 《사포의 목가》를 펴낸 유명한 화류계 여성 리안 드 푸지라든가, 윌리의 말에 의하면 "별 집착 없이, 지나치듯 잠시"(I, LXXXI) 콜레트를 만났다는 내털리 클리퍼드 바니, 혹은 1902년~1903년에 걸쳐 정을 나눈 뤼시 들라뤼-마르드뤼 같은, 당대의 위대한 여자 조언자들을 몇 사람 만났다. 그런 여성들 외에도, 콜레트는 폴레르―무대 위의 클로딘―라든가, 특히 그녀가 1894년인가 1895년에 알게

콜레트와 함께하는 여름

되어 죽는 날까지 가깝게 지낸 여배우 마르그리트 모레노 같은 여성들에게서 위안을 얻고자 했고 남성들로부터의 도피처를 구했다.

1910년에 나온 콜레트의 소설 《방랑하는 여인》은 그녀가 윌리를 떠난 후에, 혹은 윌리가 그녀를 떠난 후에 경험한 뮤직홀의 세계를 그린 작품이다. 여기서 그녀는 여성들 간의 사랑에 대한 분명한 개념을 이렇게 제시한다.

아마 그 친구에게는 포옹한 두 여성이 그저 음란한 무리일 뿐, 두 약자의 감동적이고 우수 어린 이미지가 아닐 것이다. 아마도 서로의 품을 피난처 삼아, 나쁜 남자에게서 달아나, 거기에서 잠들고, 거기에서 눈물을 흘리며, 어떤 쾌락을 맛보기보다는 자신들이 똑같이 하찮고 잊힌 존재라는 공감에서 오는 쓸쓸한 행복을 맛보는 두 약자 말이다…. 글을 쓰는 것이 소용이 있을까?—항변하고,—토론하는 것이?… 관능을 좇는 그 친구가 이해하는 건 그저 사랑뿐인 것을….(I, 1207)

콜레트의 여자친구 중에는 내털리 클리퍼드 바니처

럼 여성들만 사랑한 이들도 있었지만, 대부분은 결혼
을 세 번이나 한 콜레트와 마찬가지로 남녀를 가리지
않았다. 윌리와 남자들이 여자들 간의 사랑을 부정不貞
이 아니라 치기와 방종으로 보았다면, 콜레트에게 그
것은 하나의 피난처였다.

그녀는 이 문제를 1932년에 발표한 《이 쾌락들…》
(이 책은 1941년에 《순수와 비순수》로 재출간된다)에서 다시 길
게 언급하면서, 세상에서 물러나 "자신들의 고독, 자신
들만의 애정을 53년 동안이나 골의 나라(웨일즈) 어느
마을에 가둬버린"(III, 618) 두 젊은 귀족 여성, "랭골렌
의 숙녀들"을 예찬한다. 콜레트에게는 바로 그런 사랑
이 이상적 향기를 품은 사랑이었다.

나중에 그녀가 프루스트를 비난하게 되는 것은 바로
그래서다. 고모라를 소돔의 사본처럼 만들어 여성들
간의 사랑의 진실을 왜곡했다고 말이다. 그녀가 《순수
와 비순수》에서 주장하듯이, 소돔 맞은편에 "고모라는
없다."(III, 628)

이처럼 그녀는 윌리의 가르침에 충실히 머무른다.
즉, 여성이 남자를 배신하고 여성을 사랑하는 것은 아

콜레트와 함께하는 여름

무엇도 아니요, 부정이라는 이름을 받을 자격도 없다. 반면, "남자를 사랑하는 남자에게 배신당한 여성은 모든 게 끝났음을 안다. (…) 그녀는 아내가 한 여자친구와 포옹하고 있는 모습을 보고 남자가 하는 음란한 농담—'당신, 나중에 내가 다시 꼬집어 줄거야…'—같은 건 입에 담을 엄두도 내지 못한다. 자신의 무지에서 깨어난 그녀는 증오심을 품고 단념하며 자신의 커다란 의구심—'내게 예정된 사람이 정말 그였을까?'—을 아주 조심스럽게 감춘다."(III, 628~629)

06

시 도

그녀는 내게 "무티에 쪽으로 귀를 기울여 봐!"라고 말하곤
했다.

그녀는 검지를 치켜세운 채, 수국, 펌프, 그리고 장미 화단 사
이에 서 있었다. 거기에 그렇게 서서, 가장 낮은 울타리 너머
로, 서부 지방이 가르쳐주는 것들에 집중했다.

"들리니?… 어서 안락의자와 너의 책, 모자 등을 집안으로 들
여. 무티에에 비가 내리고 있어. 2~3분 안에 여기에도 비가 내
릴 거야."

나는 "무티에 쪽으로" 귀를 기울였다. 저 멀리 지평선에서, 물
에 쏟아지는 작은 방울들의 규칙적인 소음이 들려오고, 푸르
스름한 개흙 위에서 까불리는, 비에 구멍이 숭숭 뚫린 연못의
밋밋한 냄새가 풍겨온다…. 나는 그렇게 잠시 서서, 나의 두
뺨과 입술 위로 떨어지는 여름 소나기의 달콤한 방울들이, 이

세상에 하나뿐인 존재—나의 아버지—가 '시도'라고 이름 붙인 여자는 절대 틀리는 법이 없음을 증명해줄 때까지 기다리곤 했다.

그녀의 죽음으로 이제 퇴색했지만, 그런 예측들은 아직도 내 주위에 떠돈다. 별자리와 관련된 것도 있고 순전히 식물과 관련된 것도 있다. 어떤 신호들은 바람이라든가 달의 주기, 지하수와 협연한다. 그런 것들 때문에 어머니는 파리를 견딜 수 없어 했다. 그것들은 오직 우리 고장의 야외에서만 자유롭고 효과적이고 결정적이기 때문이다.(《시도》, III, 505)

거의 일흔 살이 되었을 때, 콜레트는 시도가 "내 인생의 주요 등장인물"(〈가을〉, 《거꾸로 쓰는 일기》, IV, 163)이었다고 말한다. 등장인물이라는 말은 곧 시도와 함께 한 삶이 한 편의 소설이었고, 지속적인 문학 창작 같은 것이었음을 말해준다. 시도는 콜레트의 가장 아름다운 창조물이며, 그녀의 작품은 어머니를 기리는 최고의 기념비다.

사실, 둘의 관계는 그리 편치 않았다. 콜레트가 윌리와의 부조리한 조혼早婚을 받아들인 건 어머니에게서 멀어지기 위해서였고, 어머니는 죽는 날까지 딸을 놓아주지 않았다. 어머니는《클로딘》연작에 등장하지 않으며, 고아인 여주인공은 아버지와 함께 산다. 시도가 딸을 입학시킨 공립 학교에 대한 희화화도 사실은 어머니의 생각을 거스르는 하나의 방식이다. 윌리의 외도로 콜레트가 병이 났을 때, 어머니는 그녀를 보살피러 파리에 왔다. 이 일에 관해 콜레트는《나의 습작 시절》에서 이렇게 말한다. "나는 어머니를 완전히 속이지는 못했다. 그녀가 벽을 꿰뚫어 보곤 했기 때문이다. 하지만 나는 13년 동안 그녀에게 행복한 것처럼 보이기 위해 최선을 다했다. 그런 나의 역할은 특히 결혼 초기에는 쉽지 않았다."(III, 999)

1906년부터 1911년까지, 그녀의 여자친구 모르니 후작 부인, 일명 '미시'는 콜레트의 대리모 역할을 했다. 그것은 곧 어머니를 부인하는 것이었고, 시도가 이를 놓칠 리 없었다. 1907년에 그녀는 딸에게 이렇게 쓴다. "애야, 너를 따뜻하게 보살펴주는 친구가 네 곁에 있다니 기쁘구나. 너는 응석받이 짓에 너무 익숙해져 있어서 나는 네가 더는 응석을 부리지 않을 때 어떤 모습일지 궁금하단다."(LG, 65) 그녀가 보내는 일상의 편지들은 끊임없이 딸을 몰아세운다.

시도는 1909년에야, 콜레트가 한 권의 책으로 묶어 낸 적 없는 글들을 통해, 슬그머니 콜레트의 작품 속으로 들어왔다. 그녀의 "매력적인 미친 어머니"가 했던 말에 관한 여담 덕분인데, 시도가 콜레트의 남편과 약간 격하게 언쟁을 하면서 그에게, "다시는 나에게 '당신은 내 부모도 아니잖소'라는 식으로 말하지 말아요!"라고 대꾸했다는 것이다.(《어떤 편지》, PP, 41과 43) 이 표현은 《클로딘의 집》에 다시 등장하게 된다.(II, 983)

시도가 딸의 작품을 완전히 점거한 것은 1912년 9월에 시도가 사망하고, 어린 콜레트, 즉 콜레트의 딸, 일명 '벨-가주'가 태어난 뒤의 일이다. 나중에 콜레트는 《클로딘의 집》 서문과 1949년에 간행된 《전집》에 수록된 《시도》 서문에서 이렇게 말하게 된다. "나는 나의 전 작품에 걸쳐 점점 더 중요한 인물이 된 등장인물, 즉 나의 어머니라는 등장인물과 헤어진 적이 없다."

시도는 파리에서 태어나 젖먹이 때는 욘에서 자랐고, 그 후 벨기에에서 공화주의자에 반교권주의자 저

널리스트로 활동한 두 오빠 손에서 성장했다. 교양 있
는 여성이었지만 괴짜에 반골 기질이 다분했고, "투박
한 농부"인 동시에 "변덕쟁이 보헤미안"이었다.(III, 508)
그녀는 집안에서 군림하며 자녀들에게 강한 지배력을
행사했다. 폭력적인 술꾼이었던 첫 남편에게서 자녀
두 명을 얻었는데, 한 명은 바로 "긴 머리 언니" 쥘리에
트로, 모녀는 사이가 틀어졌다가 나중에 화해했고, 다
른 한 명은 시골 의사 아실로서, 이들 모자는 늘 함께
지냈다. 상이군인으로 몽상가였던 두 번째 남편과도
자녀 두 명을 가졌는데, 유순한 음악가인 레오와 막내
딸 콜레트가 그들로서, 이 막내딸과는 관계가 늘 불안
했다.

콜레트는 언어에 대한 감수성을 어머니에게서 물려
받았고, 새나 꽃 같은 동식물과 친밀하게 지낸 것도 어
머니 덕분이다. 그녀의 자유로운 정신 역시, 그녀가 "종
교 없는 사람"(《클로딘의 집》, II, 1041)으로 취급했고 본인
자신도 "무신론자"(LC, 79)라고 선언했던 이 여성의 유
산이다.

그녀에겐 어떤 광기, 사악한 악마 같은 구석이 있었

다. 예를 들면 자신의 버찌를 쪼아먹는 티티새들을 볼 때가 그렇다. "그녀의 두 눈동자에, 키득거리는 광기랄지, 보편적 경멸이랄지, 나를 나머지 다른 모든 것과 함께 신나게 짓밟아대는, 춤추는 멸시 같은 뭔가가 어른 거렸다…"(《시도》, III, 509) 이처럼 둘의 관계는 끝까지 갈등적이었다.

콜레트는 그녀에게 예쁘게 보이고자 했지만, 시도는 "자신의 사고방식과는 너무나 거리가 먼, 부부관계에 관한 딸의 사고방식"을 참고 견뎠다. 그녀는 "(…) 너의 삶에는 무엇 하나 평범한 게 없어"(LC, 109) 라고 덧붙이 곤 했다. 윌리와 헤어지고 미시와 결합했을 때의 얘기 다. 하지만 콜레트는 훗날 이렇게 적는다. "그녀는 나의 첫 이혼에 침울해졌고, 내 두 번째 결혼에는 더욱더 침 울해졌는데", 이를 그녀는 "이상한 방식으로 설명했다. 그녀는 '내가 비난하는 건 이혼이 아니라, 결혼이야. 뭘 해도 결혼보다는 나을 것 같아,—결혼만 하지 않는다 면 말이다'라고 말했다."(《날의 탄생》, III, 292)

《클로딘의 집》(1922년), 《시도》(1930년)와 더불어, 어머 니와 아버지, 형제들을 떠올리며 가족 3부작을 완성하

는 책《날의 탄생》(1928년)에 실린 이 페이지들은 콜레
트가 쓴 것 중 가장 행복한 글들로 남아 있다. 그녀의
진심을 담은 글일까 아니면 허구일까? 그건 또 다른 문
제다. 1912년 9월, 콜레트는 어머니의 장례식에 가지
않았다. 어머니는 그녀에게, "너는 아이 낳는 일조차 제
대로 못 해!"라고 말하곤 했고,(MV, 110) 그녀는 곧 아이
를 낳았다.

07

동물들

조심스럽고 천진한, 작은 고양이 한 마리가 들어왔다. 평범하지만 거부할 수 없는, 네댓 개월 된 새끼 고양이. 그는 혼자서 한 편의 장엄한 코미디를 연출하더니, 자신의 발걸음을 재고, 수고양이 나리들같이 꼬리를 촛대처럼 세웠다. 그러다 아무런 예고 없이, 전방으로 위험한 도약을 감행하여, 앉은 채로 우리의 발 앞에 거꾸로 떨어져서는, 자신의 광태에 겁이 났는지, 몸을 데굴데굴 굴리다가 뒷발로 일어서서, 비스듬히 춤을 추었고, 등을 잔뜩 부풀려, 팽이처럼 빙그르르 돌았다….

"미네-셰리, 저 녀석 좀 봐, 저 녀석 좀 봐! 세상에, 정말 재미난 녀석이네!."《클로딘의 집》, II, 1050~1051)

콜레트는 동물들 틈에서 자랐다. 훗날 그녀는, "가족이 모두 동물들을 좋아했고, 동물들도 우리 집을 좋아했다"라고 말한다.(《도미노》, 《다른 동물들》, II, 172) 1904년에 출간되어 오랜 세월에 걸쳐 증보를 거듭한 《동물들의 대화》는 《클로딘》 연작이 준 외설적인 이미지를 깨버린다. 그녀 자신의 이름, 콜레트 윌리로 발표된 이 글들은 그녀의 독립을 확립하는 밑거름이 된다. 이 책에 등장하는 검은 줄무늬 불독 토비-쉬앙이나, 호랑이 무늬를 가진 앙고라 고양이 키키-라-두세트는 라퐁텐의 우화나 키플링의 《정글의 책》(콜레트의 친구이자 프루스트의 친구이기도 한 로베르 뒤미에르가 번역했다)에 나오는 동물들이 그렇듯 사람처럼 말을 한다. 이들은 안나 드 노아이여라든가 프랑시스 잠 같은 독자를 매료시켰는데, 콜레트는 "콜레트 윌리를 복권"(II, 1286)해준 프랑시스 잠에게 감사의 뜻을 표했고, 머지않아 잠은 그녀에게 서문을 한 편 써주었다.

암고양이 팡셰트는 《클로딘의 학교생활》에서부터 등장하는데, 이 책에 꼭 '사람처럼'(I, 113) 묘사되어 있다. 개나 고양이가 없는 콜레트는 상상하기 어려우며, 훗날 그녀는 《날의 탄생》에서, 친구들은 "내가 고양이가 없는 장소에 고양이를 생기게 할 수 있는 사람"(III,

콜레트와 함께하는 여름

303)이라고 우겼다고 말한다. 동물과의 이 같은 친밀함 때문에 사람들과 소원해지는 일도 있었다. 예컨대 그녀의 두 번째 남편 앙리 드 주브넬은 그녀에게 이렇게 말했다. "당신 혼자 동물들과 함께 있는 방에 들어서면, (…) 내가 방해자인 듯한 느낌이 들어."(III, 303)

어린 시절, 그녀는 파리에 갔다가 돌아오는 날이면, 황급히 동물들에게 달려간다.

> 내가 없는 새 이렇게 많은 보물이 생겨나다니! 나는 서로 분간이 안 되는 고양이들이 가득한 커다란 광주리 쪽으로 달려갔다. 이 오렌지색 귀는 노노슈의 귀였다. 한데 이 화려한 검은 꼬리는 누구 거지, 앙고라? 그것은 하나뿐인 보석, 예쁜 여자처럼 참을성이 없는, 녀석 딸의 꼬리였다. 검은 토끼의 다리처럼 가늘고 야윈 긴 어느 다리 하나는 하늘을 위협하고 있었고, 잔뜩 부른 배를 훤히 드러내고서 난장판 위에서 잠이 든, 사향고양이처럼 반점이 있는 아주 작은 고양이 한 마리는 마치 살해당한 것 같았다…. (《클로딘의 집》, II, 999~1000)

하지만 고양이들을 몹시 사랑하는 폴 로토는 그녀가

"약간은 조련사처럼 동물들을 사랑한다는 인상"을 받았으며, 죽은 키키-라-두세트가 예식 없이 "성곽 구덩이에 던져"진 사실을 알고서 충격을 금치 못했다.(《주르날 리테레르》, 1912년 11월 8일) 더욱이 콜레트 자신도, "나는 상대가 어린아이든 동물이든 내가 최종 결정권을 갖는 걸 좋아한다"라고 인정했다.(《나의 창문에 대하여》, IV, 613)

고양이 애호가로 유명한 또 한 사람, 외교관 필립 베르틀로는 1921년에 차드산 삵 암컷 바-투를 그녀에게 선물했다. 그것은 동물을 제대로 길들이는 기회였다.

어느 날 아침, 바-투가 나의 맨 팔을 너무 세게 죄어 녀석에게 벌을 주었다. 그러자 화가 난 녀석이 나에게 달려들었고, 나는 어깨 위에 이 맹수의 엄청난 무게와 이빨과 발톱을 느꼈다…. 나는 힘껏 바-투를 벽에 내던졌다. 그러자 녀석은 끔찍한 울음소리를 터뜨렸고, 으르릉거리며 전투의 언어를 날리고는 또다시 내게 달려들었다. 나는 그의 목줄을 잡아 또다시 녀석을 벽에 내던지고는 얼굴 한가운데를 가격했다. 물론이지만, 그때 녀석은 내게 심각한 부상을 가할 수도 있었다. 하지만 녀석은 아무 짓도 하지 않고 자제했고, 나를 똑바로 바라보며 생각에 잠겼다···. 내가 녀석의 눈에서 읽은 건 맹세코 두려움이 아니었다. 그 결정적 순간에 녀석은 *선택했고*, 평화와 우정과 충성의 화합을 택했다. 녀석은 자리에 드러누워 자신의 따뜻한 코를 핥았다···. 《《클로딘의 집》, II, 1063)

그녀의 1933년 작 《암고양이》는 《셰리》, 《셰리의 종말》과 어깨를 나란히 하는 걸작이다. 그녀의 가장 아름다운 소설의 하나로 꼽히는 이 작품은 '사하'라는 샤르트뢰 암고양이를 사랑하는 알랭이라는 젊은이의 이야기를 들려준다. 이 소설에서 콜레트는 발자크의 단편, 이집트 원정에 참전한 한 병사와 표범 사이의 이야기를 다룬 《사막에서의 사랑》을 상기한다. 알랭의 약혼녀인 카미유는 그의 아내가 된 후, 질투심에 이 암고양이를 아파트 창문 밖으로 던진다. 알랭은 경박한 젊은 아내에 맞서, 동물적 순수성의 이상인 그 암고양이를 선택한다. "그는 재빨리 그 고양이에게 귀엽고 완벽한 순종 샤르트뢰 암고양이의 덕성과 특유의 우아함에 걸맞은 몇 마디 신도송을 바쳤다. '커다란 두 뺨을 가진 내 귀여운 곰··· 섬세하고-섬세하고-섬세한 암고양이···

내 파란 비둘기… 진주빛 악마….'"(III, 817)

《동물들의 대화》에서, 콜레트는 그들을 인간화하지만, 그 후 그들의 동물적 존재에 예민한 태도를 보인다. 이를테면 '사하'의 모델인, "다른 이름을 원치 않았던 그 '암고양이'"에 대한 초상화에서 보이는 태도가 그렇다.(〈마리 클레르〉, 1939년 1월 27일) "50마리의 고양이가 나의 긴 인생길 위에서, 길의 한 끄트머리까지 나와 함께 했다. 나보다 먼저 지쳐버린 그들은 죽으려고 드러누웠고, 나는 그들 없이 계속 나아갔다…. 내 생각에는 이 녀석이 나의 마지막 암고양이가 될 것 같다."(JEG, 26) 그 고양이는 1925년부터 1939년까지 콜레트와 함께 했다. "그 암고양이와 나, 우리 둘은 함께—그 암고양이가 나보다 더 빨리—늙었다. 녀석이 이제는 전만큼 파랗지 않은가?"(JEG, 31) 녀석에게 주사를 놓아야만 했다. 콜레트는 한 친구에게 이렇게 쓴다. "일상의 마스크를 다시 썼기에, 더는 그 고양이 얘기를 하지 않아."(PB, 416)

훗날 콕토는 "콜레트가 동물들을 좋아하지 않았다"라고 주장한다.(PB, 311) 쥘리앙 그린은 이 일화를 자신의 《일기》에 이렇게 옮긴다. "콕토는 이곳으로 오는 도중에 샹젤리제 대로에서 발견한 병든 새 한 마리를 가져와 우리에게 보여주었다. 콜레트는 그 새를 받아 자세히 살펴보더니, 정원으로 가져가 목을 비틀어 죽였다."(1929년 5월 25일) 콕토의 생각은 틀렸다. 그것은 잔인함이 아니라, 연민이었다. 콜레트는 감상을 떨지 않았다. 시골 출신인 그녀는 전혀 태를 부릴 줄 몰랐다.

08
맹수

콜레트는 1902년 윌리와 함께 쿠르셀 가의 한 아파트에 정착했고, 거기에 체조실을 갖춰, 평행봉과 그네 타기를 했다.

나는 거의 몰래 숨다시피 해서 철봉에 매달리고, 빙글 돌기도 하며 나의 근육을 늘렸다. 무슨 열정이 있어서나, 특별히 재능이 있어서가 아니었다. 돌이켜 생각해 보면, 정말이지 나는 마치 죄수들처럼 몸을 단련시킨 것 같았다. 딱히 탈출을 생각하는 것도 아니면서, 시트를 자르고 땋고, 안감에 금화를 넣어 꿰매고, 매트의 짚 아래 초콜릿을 숨기는 죄수들처럼 말이다.(《나의 습작 시절》, III, 1064)

그것은 윌리의 외도 때문에 생긴 우울증을 치유하거

나, 혹은 그것을 숨기는 한 방법이었다. "젊은이들의 삶에는 언제나 죽는 것이 사는 것 못지않게 정상적이고 매력적으로 여겨지는 순간이 있게 마련이며, 나는 그 둘 사이에서 망설이고 있었다."《나의 습작 시절》, III, 1007)

한데 그 체조가 하나의 직업이 된다. 1905년에 콜레트가 조르주 와그와 함께 팬터마임 수업을 받은 뒤부터다. 와그는 고티에와 보들레르가 예찬한 "불운한 사나이" 드뷔로의 이 예술을 되살려내어 장-루이 바로에게 전수한 장본인이다. 1905년은 콜레트가 윌리와 멀어지기 시작한 해요, 벨뵈프 후작과 이혼한 마틸드 드 모르니('미시')를 만나는 해이며, 그녀의 아버지가 9월에 죽는 해이기도 하고, 또한 윌리가 《클로딘》 인세 수입으로 매입한 사유지 몽-부콩에 그녀가 마지막으로 머무는 해이기도 하다.

토비-쉬앙은 키키-라-두세트에게 주인의 말을 이렇게 전한다.

지겨워! 하고 그녀가 외쳤다. 나의 소원…. 나의 소원… 나의 소원은 내가 하고 싶은 것을 하는 거야! (…) 나는 팬터마임을 하고 싶어. 코미디도 괜찮아. 나는 체조복이 거추장스럽고 그것이 내 몸매를 욕되게 한다면 발가벗고 춤추고 싶어. 기분 내키면 세상에서 물러나 어느 섬에 가서 살거나, 아니면 자신들의 매력으로 사는 사람들과 자주 어울리고 싶어. 많은 환락가 여자들이 그렇듯, 그녀들이 유쾌하고 환상적이면서도, 또 쓸쓸하고 현명한 사람들이라면 말이야. 나는 오직 풍경과 꽃들과 슬픔과 긍지만 있는, 그리고 인간을 두려워하는 사랑스러운 동물들의 천진함만 있는 순결하고도 슬픈 책을 쓰고 싶어…. 나는 모든 상냥한 얼굴에 미소 짓고 싶고, 악취 풍기는 더럽고 추한 사람들에게서 멀어지고 싶어. 나는 나를 사랑하는 이를 아껴주고, 내가 이 세상에서 가진 모든 것을 그에게 주고 싶어. 공유를 거부하는 나의 몸과 너무나 따뜻한 나의 마음, 나의 자유를 말이야! 나의 소원… 나의 소원!….(〈토비-쉬앙이 말한다〉, 《포도밭의 덩굴손》, I, 994)

콜레트는 자신의 몸과 붓의 자유를 외쳤다. 그녀는 뇌일리에 있는 나탈리 바르네의 집이라든가, 니스에 있는 르네 비비앙의 집 활인화活人畵[4]에 출연했다. 그리고 《방랑하는 여인》의 작중 인물 브라그의 모델로 쓰

콜레트와 함께하는 여름

인 친구이자 파트너, 와그와 함께 무대에 올랐다.

브라그와 나, 우리 둘은 며칠 전부터 새로운 팬터마임을 연습
하고 있다. 숲과 동굴이 있고, 늙은 동굴 거주자와 젊은 나무
요정과 한창나이의 맹수 한 마리가 등장한다.

브라그가 맹수고, 나는 나무 요정이며, 늙은 동굴 거주자는
아직 신경 쓰지 않고 있다. 그의 역할은 중요하지 않으며, 브
라그는 그의 배역 문제에 대해, "제자 중에 열여덟 살 난 지저
분한 녀석이 한 명 있는데, 선사시대 인물 연기에 딱 맞아!"라
고 말한다.

사람들은 아침 10시부터 11시까지 폴리 베르베르 극장 무대
를 기꺼이 우리의 연습 장소로 쓰게 해준다. 막을 걷자, 우리
눈앞에 그 깊은 무대의 벌거벗은 플로어가 적나라하게 모습
을 드러낸다. 코르셋을 하지 않은 채, 블라우스 대신 두툼한
스웨터를 껴입고, 짧은 치마 아래 검은색 새틴 속바지를 입은
채 들어서는 나에게, 그 무대가 얼마나 슬프고 쓸쓸해 보이던
지!…(I, 1110~1111)

---

4 배경을 적당하게 꾸미고 분장한 사람이 그림 속 사람처럼 보이게 만든 옛 구경
거리.(—옮긴이)

콜레트는 1906년 2월 6일 마튀랭 극장에서 공연된 〈욕망, 공상, 사랑〉이라는 무언 악극樂劇 속의 맹수 역으로 대중 앞에 첫선을 보였다. 그 후 그녀는 올랭피아 극장에서 공연된 〈여자 집시들〉에서 연기하여 얼마간 언론의 호평을 받았다. 1906년 11월에 공연된 〈목신牧神〉에서는 몇몇 짐승들 역을 맡아 알몸으로 출연했다. 하지만 정작 스캔들이 터진 것은 콜레트가 1907년에 물랭루즈에서 '이심Yssim', 즉 모르니 후작 부인 미시와 함께 팬터마임 〈이집트의 꿈〉을 공연했을 때였다. 콜레트는 오랜 잠에서 깨어나 고고학자의 품에 안기는 미라 역을 맡았다. 이 공연은 레핀 도지사에 의해 금지되었다.

콜레트의 마임 경력이 진짜로 시작되는 것은 1907년 11월 아폴로 극장에서 〈살갗〉을 공연하면서부터다. 콜레트는 밀수업자 호카르츠의 아내 율카 역을 맡았다. 그녀는 요르키라는 청년을 사랑한다. 와그가 그녀의 드레스를 찢어 한쪽 가슴이 드러나는 순간은 사람들의 뇌리에서 지워지지 않는 한순간으로 각인된다. 양쪽 가슴이 모두 드러날 때도 있다. 뮤직홀에서는 처음 보

콜레트와 함께하는 여름

는 일이다. 시도가 그녀에게, "어떻게 그렇게, 거의 알몸으로 무대에 설 수 있는 거니!"라고 쓴다.(LC, 148) 하지만 그녀는 이 공연으로 많은 수익을 올린다. 콜레트와 와그는 1911년까지 몬테카를로·니스·보르도·루아양·비시·루앙·마르세유·리옹·생테티엔·브뤼셀 등지로 〈살갗〉 순회공연을 떠나게 된다. 그녀는 1908년 9월 와그에게, "그렇게 큰 성공을 거두었고 두 번의 공연으로 973프랑이나 챙겼다는 게 지금도 어리둥절하기만 해"라고 쓴다.(LV, 22)

콜레트는 그렇게, 수년간 무언극 배우나 무용수, 이른바 뮤직홀 예술가로 생계를 꾸린다. 당시는 미스탱게·폴레르·라 벨 오테로·로이 퓔러·이사도라 덩컨의 시대였고, 콜레트의 변태적 매력과 고양이 같은 유연함과 드러낸 맨가슴은 객석을 사람들로 가득 채웠다. "너처럼 작가의 재능이 있는 사람이 애석하게도 극장에 춤을 추러 가다니"라고 시도는 그녀를 비난했다.(LC, 48) 하지만 그렇다고 콜레트가 글쓰기를 포기한 건 아니었다. 그녀로서는 글쓰기의 고독과 백지의 고통을 액땜하기 위해 무대에 오를 필요가 있었다.

09

"나는 미시의 것"

콜레트는 몇 차례 동성애를 경험하고 나서(《클로딘의 부부생활》에 레지로 등장하는 조지아나 나탈리 바르네와), 미시와 5년 동안이나 연인 관계로 지냈다. 그녀가 1905년 당시 '엉클 맥스'로도 불리던 미시를 만난 곳은 빅토르 위고 클럽이든가, 아니면 페르므 데 죄Ferme des jeux의 후신인 예술과 유행 클럽이었다. 그녀가 윌리와 헤어졌거나, 아니면 윌리가 그녀와 헤어진 것은 그때다.

1863년생인 미시는 콜레트보다 10살이 더 많다. 나폴레옹 3세의 이부 형제 모르니 공작과 소피 트루베츠코이의 딸로서, 이 대공 부인은 미시의 부친이 사망한 후 에스코리알에서 그녀를 길렀다. 미시는 1881년에 벨뵈프 후작과 결혼했다가 1903년에 이혼했으며, 이때부터 머리카락을 짧게 자르고, 남자처럼 옷을 입고, 중

산모를 쓰고, 시가를 피우고, 복싱과 펜싱을 하고, 사냥을 하고 말을 탔으며, 자신의 자동차 드 디옹 루즈를 직접 운전하고 다녔다. 완벽한 양성애자인 그녀는 1911년까지 콜레트의 공식 애인이 된다.

1907년 1월 3일, 탐험가 역을 맡은 미시가 콜레트가 연기한 미라를 소생시키고, 관에서 나온 미라가 그녀에게 입을 맞추는 팬터마임 〈이집트의 꿈〉이 물랭루주에서 공연되었을 때 한바탕 소동이 벌어지더니, 미시의 오빠와 박수부대에 의해 확산되며 큰 물의를 빚는다. 미시는 이 스캔들의 대가를 치렀고, 윌리도 음악 관련 칼럼을 정기 기고하던 〈파리의 메아리〉 지면을 잃었지만, 콜레트는 무사했다. 그녀는 아무것도 잃을 것이 없었다.

당시는 그녀 속의 작가가 해방되는 괴로운 시련기였다. 콜레트는 《포도밭의 덩굴손》에 수록되는 짧은 산문들을 쓰며, 그중 미시에게 바치는 여러 편을 소책자에 모아 그녀에게 선물하는데, 〈백야〉 같은 작품은 둘의 관계의 성격을 잘 드러낸다. "당신은 두 눈에 어머니의 근심을 가득 담아, 몸을 바싹 기울인 채, 내게 관능을 선사하리라, 당신의 열렬한 여자친구에게서, 당신이 갖지 못한 아이를 찾는 당신….”(I, 972) 콜레트는 윌리와의 말썽 많은 결혼생활 동안, 자신이 필요로 하던 헌신과 동정을 미시에게서 발견한다. 미시에게 보낸 편지들에서, 자신을 “당신의 아이”라고 부르며, 내심을 이렇게 털어놓는다. “(…) 내 삶에는 오직 당신뿐이라는 것을, 내가 손가락을 다치거나, 슬플 때나, 양말 한 짝을 잃어버렸을 때도, 내 입에서 튀어나오는 말은 오직 ‘미시’라는 외침뿐이라는 것을 당신은 잘 알아요.”(LM, 65) 어느 여자친구에게는 이렇게 말한다. “이 세상에서 나에겐 이제 그녀뿐이야—엄마는 너무 늙은 데다(74세) 나와 멀리 떨어져 사니까.”(PB, 128) 거의 같은 시기, 윌리의 아들 자크 고티에-빌라르에게는 또 이렇게 쓴다. “여전히 네가 아는 그 미시야, 정직하고 다정하고 충실한 동반자, 나를 절망에서, 틀림없이 자살에서 구해준, 어쩌면 더 끔찍한 ‘관리받는 여성’의 슬픈 삶에서 구해준 그 미시.”(LM, 27)

이 관대하고 예의 바르고 우울한 사람, 자신을 싫어하는 어머니 밑에서 어린 시절부터 애정 결핍으로 고

　　　　　　　콜레트와 함께하는 여름

통받았던 사람이 서른 살이 넘은 콜레트에게 사랑을 드러냈다. 두 여자 사이에는 한마음으로 화합하는 분위기가 지배했다. 나중에 콜레트는 《순수와 비순수》에서, 여자들 간의 내밀한 관계를 공동생활의 이상형으로 서술한다.

> 여성 간의 포옹에는 땅거미와 침묵과 장중한 분위기가 아무리 많아도 지나치지 않을 것이다. 서로 완전히 반한 두 여성은 관능을 피하지 않으며, 오르가슴의 경련보다는 더 분산된, 하지만 열기는 더욱 뜨거운 육체적 쾌락도 피하지 않는다. 욕구 해소도 요구도 없는 이 관능은 시선을 교환하거나, 어깨에 팔을 걸치는 것만으로도 행복하고, 머리카락에 밴 따뜻한 밀 냄새만으로도 감동한다. 서로에게 익숙해져 언제나 함께하는 그윽한 즐거움이 충실한 사랑을 낳고 정당화한다.(III, 617~618)

루이즈 바이스가 전한 험담에 따르면, 당시 콜레트는 "나는 미시의 것", 혹은 "나는 M 부인의 것"이라는 문구가 새겨진 금목걸이를 목에 걸고 다닌 모양이었다. 바이스는 《이집트의 꿈》의 물랭루주 공연을 금지한 레핀 지사에게서 그 목걸이를 입수했다.(III, LV) 미시는 콜레트를 아낌없이 부양했고, 그녀의 순회공연을 따라 다녔으며, 생말로 근처의 '로즈방' 저택을 콜레트 명의로 사주기도 했다. 콜레트는 자신의 두 번째 남편이 될 앙리 드 주브넬과 만나고 나서 1911년에 미시와 헤어졌으나, 저택을 계속 자기 소유로 간직했고, 그리 고마워하는 모습을 보이지 않았다.

콜레트는 《순수와 비순수》에서 미시를 '슈발리에르(여기사)'라는 이름으로 칭하며 그녀의 투명한 초상화를 그리는데, 이 등장인물은 주간지 〈그랭구아르〉에 실리는 연재물에서는 여전히 후작 부인으로 불리고 있었다. (…) 그녀는 남자 같은 여유와 아주 예의 바른 태도를 지녔으며, 행동거지에 절도가 있었고, 신체의 남성적 균형을 갖추었다. (…) 그녀는 높은 곳에서 와서, 왕자처럼 천한 것들과 어울렸다."(III, 591) 그녀의 품행에 대한 이 같은 묘사는, 콜레트가 행위자가 아니라 증인 행세를 하면서 불행에 처한 자신의 옛 동반자를 비난하는 것이기에, 미시에게 더욱더 큰 상처를 주었다.

(…) 그녀의 희고 네모난 이마, 검은색에 가까운, 근심 어린 두 눈은 그녀가 이제껏 한 번도 보지 못한 것, 말하자면 조용한 감상적 분위기를 추구했다. 사실 미소년 꼴을 한 이 여성은 40년이 넘는 세월 동안, 여성들과 제대로 된 우애 관계를 맺지 못하는 데 따르는 괴로움과 오만을 견뎌냈다…. 그녀가 요구한 건 더도 덜도 아닌 바로 그것이었기에, 사실 시도를 하지 않았던 건 아니었다. 하지만 여성들의 음탕한 희망은, 여성을 딱히 접수한다기보다는 청소년의 어수선한 마음의 동요나 억제된 전율에 훨씬 더 가까운, 매우 천부적인 그녀의 플라톤주의를 두렵게 했다. 20여 년 전에 그녀는 씁쓸한 마음으로 이를 설명하고자 한 적이 있다. 그녀는 내게 이렇게 말했다. "나는 사랑을 한다는 *생각뿐*, 사랑에서 완성이란 걸 전혀 몰라. 한데, 그녀들은 절대 나를 그 상태 그대로 머무르도록 가만 내버려 두질 않아, —그녀들, 여자들이 말이야."(III, 594~595)

고독한 파산자로 끝난 미시의 만년은 슬펐다. 1944년에 콜레트는 그녀의 자살 시도 소식을 접하고서, 그녀를 "미완의 존재"로 규정한다.(LMM, 288) 그러나 미시는 두 번째 시도에서는 실패하지 않았다. 콜레트는《순수와 비순수》에서, 그녀가 말했다는 가차 없는 선고 같은 한 문장을 적는다. "(…) 어쩌면 나라는 존재는 하나의 신기루였을지도 몰라."(III, 597)

10

뮤직홀

콜레트는 자신의 "진정한 소명"은 음악이었다고 말
했고, "내 가족 전부가 음악가였다"라는 사실을 즐겨
상기하곤 했다.(MV, 106) 그녀는 훌륭한 아마추어 피아
니스트였다. 인정받는 음악 비평가 윌리와 함께, 그녀
는 많은 연주회에 참석하고 최고의 음악가들을 자주
만났으며, 바이로이트를 방문하기도 했다. 그녀가 처음
으로 발표한 글은 1895년에 바레스의 〈라 코카르드〉에
게재한 음악 기사였고, 1903년에는 문학 정기 간행물
〈질 블라스〉에 '연주회의 클로딘', '음악원의 클로딘'
같은 제목의 평문을 발표하기도 했다. 나중에 그녀는
《나의 습작 시절》에서 드뷔시와 포레에 대한 예찬을
토로하고, 라벨과는 오페라 〈어린이와 마법〉을 위해
협력하며, 프랑시스 풀랑크의 친구가 된다.

하지만 그녀가 출연한 곳은 벨 에포크 시대의 명소이자 카페-콩세르의 분신인 뮤직홀이다. 뮤직홀의 프로그램은 노래와 춤, 팬터마임, 곡예, 동물 조련, 그리고 "걸*girls* 그룹"(II, 247)이 펼치는 빼놓을 수 없는 쇼 등의 레퍼토리로 구성된다. 콜레트의 단편 소설 〈미추〉의 여주인공은 신병 중위와 그의 카키색 동료에게, "여기는 뮤직홀이지 카페-콩세르가 아니에요"라고 상기시켜준다.(II, 654~655) 그러므로 둘을 혼동해서는 안 된다. 그리고 공연에는 언제나 라 벨 오테로, 프레엘, 미스탱게트 같은 스타가 한 명 있었으며, 때로는 홀을 달구기 위해 미국의 인기 연예인을 등장시키기도 한다.

1907년부터 콜레트는 여러 편의 팬터마임과 무언악극에 조르주 와그와 함께 출연했다. 그녀가 출연하여 가장 큰 성공을 거둔 작품으로는 1911년 바타클랑에서 공연된 〈오밧다프〉와 〈살갗〉, 1911년 작 〈밤새〉, 그리고 역시 바타클랑에서 1912년에 공연된 버라이어티 쇼 '그것은 우리를 취하게 해*Ça grise*'에서 뮈지도라와 함께 연기한 와그의 팬터마임 〈사랑에 빠진 암고양이〉 등을 꼽을 수 있다.

콜레트는 무용가나 배우라기보다는 무엇보다 무언극 배우였다. 극장에서는, 그녀의 퓌제 지방 사투리 억양과 혀끝으로 굴려서 발음하는 에르ᵣ 발음이 청중을 당혹스럽게 했다. 하지만 그녀는 1909년과 1910년에 〈클로딘의 파리 생활〉에서 클로딘 역을 맡았고, 순회공연 때마다 30여 개 도시를 돌아다녔으며, 그 힘겨운 일정에 대해 《방랑하는 여인》(1910)과 《뮤직홀의 이면》(1913)에서 이렇게 털어놓았다.

> 극장의 조명, 번쩍거리는 장식, 의상, 화장한 인물, 미소 등, 이 모든 것이 나에게는 스펙터클하지 않다…. 내 눈에는 그저 일과 땀만 보이고, 한낮에는 누런빛의 피부와 실의만 보일 뿐이다. (…) 다른 사람들은 겉만 바라볼 뿐, 그 이면을 아는 사람은 나 혼자뿐인 것 같다….(II, 278~279)

무대 뒤의 일에 대한 그녀의 증언은 그녀가 "전리품을 누리지 못하는 가난한 일벌들"(II, 279)로 착취당하는 순회공연의 동료들과 연대하고 있음을 말해준다.

나는 어느 봄날 밤비에 흠씬 두들겨 맞은 맥빠진 풍뎅이 같
다… 나는 깃털 빠진 새 같다… 나는 불행한 가정부 같다…
나는… 맙소사… 순회 공연하는 여배우 같다… 그만 말하
자…. (…)

나는 지금, 우리처럼 공장으로 일하러 가는 직원과 노동자들
이 가득한 노르 대로大路에서, 팔꿈치로 치며 길을 헤쳐나가
는 브라그의 뒤를 따라 걷고 있다. 3월의 날카로운 태양에 비
는 김을 발산하고, 나의 헝클어진 머리카락은 김 서린 욕조에
서처럼 늘어진다. 브라그의 외투는 너무 길어, 걸음을 옮길
때마다 종아리를 치고 진흙을 튀긴다. 하룻저녁에 10프랑을
버는 우리 꼬락서니를 보자면, 면도하지 않은 브라그는 진흙
으로 얼룩져 있고, 잠에 취한 나는 스카이산 테리어 같은 머
리 꼴을 하고 있다….(II, 224와 227)

콜레트는 재능있는 코미디언, 훌륭한 마이미스트였
는가? 우리는 이에 관해 전혀 아는 바 없다. 이미 그녀
는 이름난 작가였다. 사람들은 무대 위의 작가를, 직
접 배역을 맡아 가슴을 드러내 보이며 연기하는 모습
을 보러 갔던 걸까? 1910년부터, 그녀는 백만여 부를

발행하던 〈르 마탱〉에 "천일조화千一朝話"를 기고하기도 했다. 그러니까 그녀에게는 무대와 저널리즘이 소설 습작을 위해 쓰인 셈이다. 《미추》, 《셰리》등은 먼저 연극 작품으로 서술되어 대화가 많다.

어릿광대라는 껄끄러운 평판도 《동물들의 대화》, 《포도밭의 덩굴손》을 발표한 이후 가치를 널리 인정받은 이 작가의 인기를 해치지는 못한다. 뮤직홀에 관한 르포이자 감상적 자서전 격인 《방랑하는 여인》은 1910년 공쿠르상 작품 선정 경쟁에서 두 표를 얻었다. 이 소설이 출간되었을 때 시도는 그녀에게 이렇게 쓴다. "나로서는 네가 너의 자서전을 쓰고 있다고 생각하지 않을 수 없구나…. 직접 겪었고 그래서 더욱더 흥미로운 일들이어서 말이다."(LC, 370)

1910년에서 1913년 사이, 콜레트는 무대·저널·도서 등, 두세 가지 영역에서 일을 나란히 해나가며 한 활동을 다른 활동의 밑거름으로 삼았다. 〈밤새〉가 1913년 4월 제네바에서 상연되었을 때는 임신 6개월째였음에도 와그와 함께 직접 무대에 출연했다.

훗날 그녀는, "나는 내 삶의 6년 세월을 바친 뮤직

홀의 모든 것을 사랑했고, 지금도 사랑하고 있다"라고 말한다.(PB, 395) 그녀는 1922년 〈셰리〉 100회 기념 공연 때 또다시 무대에 올라, 나이 많은 유녀遊女로 등장하는 레아를 연기했으며, 그 후에도 종종 무대에 올랐다. 1920년대 초에는 한 해에 50여 편의 희곡을 읽으며 〈르 마탱〉에 연극평론을 기고했고, 1924년에는 〈르 쿼티디앙〉에, 그리고 1933년부터 1938년까지는 또다시 〈르 주르날〉에 연극평론을 기고했다. 그녀는 무대 없이는 지낼 수 없는 사람이었다.

11

대장

책장의 가장 높은 칸에 진열된, 등 부분을 검은 천으로 감싸서 하드 커버로 장정한 서책들이 내 눈앞에 떠오른다. 잘 붙여진 벽옥색 종이 앞표지들이며 단단한 장정이 아버지의 능란한 손재주를 증언한다. 하지만 고딕 서체로 쓰인 수사본들, 그 제목들은 나를 전혀 유혹하지 않는다. 검은 끈이 달린 분류표에 어떤 저자 이름도 적히지 않아 더욱더 그렇다. 기억나는 대로 떠올려보자. 《나의 원정들》, 《70가지 가르침》, 《측지학 중의 측지학》, 《세련된 대수》, 《군대 동료가 본 마크 마옹 원수》, 《마을에서 방으로》, 《알제리 보병의 노래》…. 나는 곧 잊어버린다. (《시도》, III, 531)

《클로딘의 학교생활》의 주인공 클로딘은 어머니는 없고 아버지만 있다. 아버지는 책에 파묻혀 사는 연체

동물학자로, 연체동물, 좀 더 정확하게 말하면 민달팽이 전문가다. 주의가 산만하고, 물러터지고, 약간 바보스러운 그는 딸에게 완전한 자유를 주는데, 딸은 그것을 이용한다.

시도의 두 번째 남편인 콜레트의 아버지 쥘 콜레트 대위는 툴롱에서 태어나, 1847년에 생-시르 육군사관학교에 입학했다. 그리고 기아나·카월리아·터키·아프리카 등지에서 복무했다. 그 후 1859년의 이탈리아 원정에 참전하여, 이탈리아 독립을 위해 오스트리아 제국에 맞서 싸웠다. 그는 1859년 6월 마리냥 전투에서 입은 부상으로 왼쪽 다리를 잘라내야 했다. 그 후 그는 시도가 쥘 로비노-뒤클로와 결혼생활을 했던 생-소뵈르의 세무서를 맡았다. 1865년에 그녀의 남편이 사망했을 때, 이 읍의 치안 판사는 "로비노 부인의 두 번째 아이가 콜레트 씨의 작품이 아니라고 확신하는 이는 생-소뵈르에 단 한 사람도 없다"라고 말했다고 한다.(I, XLVI) 시도는 그해 말 이 세무사와 결혼했다. 훗날 콜레트는 《시도》의 내용 중 아버지에 할애한 '대장'이라는 부部에서, 그가 엉뚱하고 몽상적인 사람이었다고 말하며 이렇게 적는다. "그는 그녀를 아낌없이 사랑했고—그녀를 부유하게 해주려다 그녀의 재산을 말아먹었다—, 그녀는 그를 변함없는 사랑으로 사랑했으며, 일상의 흐름 속에서 그를 가볍게 대하긴 했으나 그의 모든 결정을 존중했다."(III, 516)

비록 콜레트의 대장이 시도와는 달리, 책만 빼고 자연이나 동식물에 대해서는 아무것도 모르는 사람이었지만, 콜레트에게 이 부모님 커플은 사랑과 동반자적 관계의 모범이었다. 그는 1880년에 은퇴하여 지역 정계에 뛰어들었고, 지역구 대표 선거에 나섰다가 실패한 후에는 신문과 잡지계에 은신했다.

그는 스물아홉 살 때부터 외발로만 걷는 신세가 되었으나, 주눅 들지 않고 당당했다. 콜레트는 아버지를 그린 초상화에서, "아버지나 나나, 우리는 남의 동정을 받아들이지 않는다. 우리의 어깨는 그런 걸 거부한다"라고 적고 있으나,(III, 519) 집안의 리듬은 그녀가 "그를 한 계단씩 위로 끌어올리는 까마귀의 도약"이라 부르는 것에 맞춰져 있었다.《클로딘의 집》, II, 1035) 하지만 콜레트가 장애인의 내밀한 고통을 그 어느 때보다 잘 이해하게 되는 것은 이 대장이 죽은 지 한참이 지나서, 앙리 드 주브넬의 어린 시절 친구이자 절름발이인 제3공화국 장관 아나톨 드 모지와 대화를 나눌 때다. "어느 날 나는 그에게 (…) 단 한 가지 생각으로 유린당하는 삶이 어떤 것일지 상상해본 적이 있는지 물어보았다가, 그의 대답을 듣고 깜짝 놀랐다. 그는 '물론이오, 나는 한평생 내내, 날마다, 거의 시시각각 내가 절름발이라는 사실을 떠올렸으니까요'라고 말했다."(《파란 등대》, IV, 968~969)

또한 그녀의 아버지는 "분별 있게 슬퍼하고, 절대 자신을 배반하지 않는 미덕"이 있었다고 그녀는 말한다.(III, 519) 그의 우울은 타고난 쾌활함과 그가 부르는 남프랑스의 노래들이 보호해주었다. 시도의 맏딸이 집안에 우환을 안겨주었을 때(맏딸의 남편이 유산을 요구하여 집안에 파탄을 일으켰다), 그는 한 친구에게 보낸 편지에서, "나는 이 모든 걸 사라진 내 한쪽 발의 오래고도 끔찍한 고통으로 갚아야 했다네"라고 털어놓았다. 콜레트는 아버지가 돌아.가시고 한참이 지나서야 그 편지를 알게 되었는데,(III, 521, 주4) 그제야 그녀는 "쾌활한 아

콜레트와 함께하는 여름

버지가 장애인의 깊은 슬픔을 마음에 품고 살았고,"(III, 524) 그의 인생이 "사람들이 맛보는 기쁨의 신기루 같은 것"이었다고 결론 짓는다.(III, 525) 마치 미시가 신기루 같은 존재였듯이, 그의 삶도 하나의 신기루였고, 이 두 존재는 결핍으로 고통받았다.

또 콜레트는 이 대장이 자신의 무능을 운명으로 받아들인, 꿈을 접은 작가였다는 사실도 나중에야 알게 된다. 파리로 떠난 딸에게 편지를 쓰는 이는 시도지만, 연필이며, 펜, 지우개, 잉크, 종이 등, '사무용품들'을 마구 사들이는 사람은 그다. "나의 아버지는 글 쓸 사람으로 태어났으나, 글을 거의 남기지 않았다"라고, 콜레트는 〈초록 밀랍〉에서 특기한다.(IV, 385) 그녀는 아버지 얘기를 쓰기 10여 년 전인 1921년에 한 여자 점쟁이를 만나본 적이 있는데, 그 점쟁이는 그녀에게 이렇게 말했다. "(…) 당신은 바로 그가 이 지상에서 그토록 되고 싶었던 사람의 표상이에요. 그는 바로 당신 같은 사람이 되고 싶었죠. 하지만 그는 그러지 못했어요."(III, 530)

어느 날 큰오빠가 "이리 좀 와" 하고 나를 불렀다. (…)

하드 커버로 장정한 열두어 권의 서책이 오랫동안 무시되다가 이제 접근 가능해져 그 비밀을 우리에게 드러냈다. 한 권마다 200쪽, 300쪽, 150쪽씩이다. 수백에 또 수백 쪽의 백지로 남은, 투명한 줄무늬가 들어간 크림 빛깔 고급지나, 아니면 공들여 가장자리를 재단한 두꺼운 '연습 용지'…. 가상의 작품이요, 작가 캐리어의 신기루다.

우리가 한 번도 그 끝을 보지 못한 아버지의 소심함 혹은 태평스러움 덕택에 온전히 남겨진 페이지들이 너무나 많았다. 의사인 오빠는 거기에 자신의 처방전을 적었고, 어머니는 그 종이를 자신의 잼 단지 덮개로 사용했으며, 조잡한 그림을 그리는 손녀들이 또 낱장을 뽑아가곤 했지만, 우리는 투명 줄무늬가 들어간 그 공책들, 그 미완의 작품을 끝내 다 없애지 못했다. (…)

나는 나대로, 데뷔 시절, 이 비물질적인 유산에서 얻은 것이 있었다. 내가 매끄러운 종잇장에, 양질의 펄프에, 전혀 아까운 줄 모르고 글을 쓰는 사치스러운 취미를 갖게 된 것은 이 유산 때문이 아닐까? 감히 나는 나의 둥글둥글한 굵은 서체로 눈에 보이지 않는 그 필기체를 덮어버리곤 하는데, 사랑으로 완성되어 서명된 유일한 페이지, *나의 사랑하는 영혼에게*,

충실한 남편 쥘-조제프 콜레트가, 라는 헌사 페이지를 영광에 이르도록 확장하는 그 필기체의 빛나는 투명무늬를 알아본 이는 이 세상에 단 한 사람뿐이었다.(Ⅲ, 531~532)

한데 콜레트 대장의 실패한 문학 인생의 이 환상적 에필로그는 좀 과장된 게 아닐까? 콜레트가 이 추억담을 발표한 것은 시도와 아실이 죽은 지 거의 20년 가까이 흐른 뒤다.

12

"내가 찾는 것은 사랑이다"

콜레트는 《천진난만한 탕녀》의 작중 인물 민Minne의 입을 빌어 이렇게 말했다. "내가 찾는 건 사랑이야, 어떤 사랑도 괜찮아, 세상 사람 모두가 하는 사랑, 하지만 진짜여야 해."(I, 743) 1950년에 앙드레 파리노가 인터뷰 도중 그녀에게 이 선언을 떠올려주자 콜레트는 화를 낸다. "그냥 문학이에요. 당시만 해도 나는 어떻게든 할 수 있는 데까지 종이에 매달려 살던 보잘것없는 여자였고, 그 시기에는 누구를 사랑하고 있지도 않았어요."(MV, 117)

콜레트는 《클로딘》 연작 이후, 1904년과 1905년에 씌어 윌리의 이름으로 발표된 두 편의 《민》을 상기시킨다. 그 시기에는 사랑하는 사람이 없었다고, 혹은 더는 사랑하는 사람이 없었다고 그녀는 말한다. 왜냐하면 윌리의 외도에도 불구하고, 그녀는 오랫동안 그를 사랑했기 때문이다. 1907년, 그가 그녀를 떠났을 때, 그녀는 여전히 그에게 미시와 함께 셋이서 공동생활을 하자고 제안한다. 그가 애인인 맥 빌라르, 콜레트와 이혼한 후 결혼까지 하게 되는 이 클로딘의 분신을 단념한다는 조건으로 말이다. "돌아와요, 내게 돌아와요, 내 아파트와 너무나 가까워 거의 같은 아파트라고 할 수도 있는 아파트로 돌아와요."(PB, 147) 콜레트는 윌리를 사랑했고, 헤어진 후 그녀에게 되돌아오고 싶어 하지 않은 그를 원망했고, 1909년 그가 《클로딘》 연작의 모든 판권을 팔아버린 사실을 알게 되기 전까지는 자신들의 관계를 돌이킬 수 없는 것으로 생각하지 않았다.

1908년에 콜레트가 〈라 비 파리지엔〉에 기고했다가 나중에 《포도밭의 덩굴손》에 다시 실은 한 산문은 윌리와 함께한 삶이 어떻게 굴러갔는지를 서술하는 것 같다.

"그럼 사랑은?…"
어깨를 으쓱거린다.

"사랑이라고? 아, 사랑!… 그럴 시간이 나야지. '첫 공연들'이며, 저녁 식사, 야식, 인근 자동차 안에서 하는 점심, 전시회, 오후 간식 등등, 정신이 없잖아…. 이번 달은 정말 끔찍해!"(《어떻게 지내는 것 같아?》, I, 1020)

극장에서의 저녁 모임, 콘서트, 살롱 등을 오가는 그들의 사교계 생활 리듬은 사랑을 위한 짬을 주지 않았다. 콜레트는 윌리와 함께 점점 더 괴로워했던 것 같다. 훗날 그녀가 앙드레 파리노에게 하는 대답과는 달리, 사실 콜레트는 오랫동안 사랑을 찾았다.

미시에게 보낸 편지들과,《포도밭의 덩굴손》에 수록되었다가《미시를 위하여》라는 소책자에 따로 모인 미시에게 바친 단편들은 그녀가 한동안 어디에서 사랑을 찾았는지를 보여준다. 1909년 6월, 그녀는 순회공연 중에 이렇게 쓴다. "내 소중한 사랑, 드디어 당신의 편지를 받았어요! (…) 무척 기쁘고 더없이 기분 좋은 편지 같아요. 당신의 지긋지긋한 아이가 그립다고 말씀하시니 말이에요! 그 말만으로도 저는 기쁨으로 가득 차, 혼자서, 얼굴이 붉어져요, 사랑을 자랑하고 싶은 마음

콜레트와 함께하는 여름

과 기쁨에 겨워서 말이에요."(LM, 72) 편지들에서 콜레트는 자신을 미시의 "가짜 아이", "참을 수 없는 아이"로 표현한다.

미시에게 바친 소책자에서 내리는 결론은 이렇다.

잠시 후, 제가 드레스를 벗으면, 당신은 마치 채색된 조각상처럼 온통 장밋빛이 된 저를 보게 될 거예요. 저는 불 앞에 가만히 서 있을 테고, 그러면 제 피부는, 그 숨 가쁜 빛 아래에서, 사랑이 피할 수 없는 날갯짓으로 저를 덮칠 때처럼 생기를 띠고, 전율하고, 움직이는 것처럼 보일 거예요…. 이대로 머물러요! 올해의 마지막 불꽃이 침묵에, 권태에, 부드러운 휴식에 우리를 초대하잖아요.(I, 980)

콜레트는 앙리 드 주브넬과 베르트랑 드 주브넬 부자父子에게서, 관능·동반자 관계·쾌락·이해 등으로 이루어진 사랑을 추구하고 발견하게 되며, 《셰리》·《청맥》·《암고양이》 등, 사랑을 다룬 여러 편의 아름다운 소설들을 펴내지만, 결코 그 결말들이 아주 좋지는 않다.

1920년대 말, 쉰다섯 살에 발표한 《날의 탄생》에서,

그녀는 사랑에서 손을 뗀 것처럼 말한다.

생의 가장 큰 범사凡事 중 하나, 사랑이 내 삶에서 물러난다.
(…) 거기에서 빠져나오면, 나머지 모든 것이 유쾌하고 다양
하고 무수함을 깨닫게 된다. 하지만 우리가 아무 때나, 마음
대로 거기에서 빠져나오는 건 아니다. 내 여러 남편 중 한 명
이 한 질책은 참 타당했다. "그러니까 당신은 사랑이나, 외도
나, 반쯤 근친상간 같은 내연 관계나, 결별 이야기가 아닌 책
은 쓸 수 없는 거야? 삶에 다른 것은 없어?" (…) 거기에 이르
기 위해서, 거기로 되돌아가기 위해서, 내 30년 삶이 필요했
던 것일까? 아마 나는 너무 비싼 대가를 치렀다는 생각은 하
지 않을 것 같다. 우연이 나를 한 남자에게 갇혀버린 여자들,
그래서, 아이를 낳았건 아니건, 노처녀의 조려진 순수純粹를
지하까지 지니고 가는 그런 여자들의 하나로 만들었을 경우
가 여러분은 상상이 되는가?…(III, 285~286)

여기서 콜레트는 윌리와 결혼한 1893년부터, 그녀
가 콜레트 윌리도 아니요 콜레트 드 주브넬도 아닌, 그
냥 콜레트라는 필명으로 발표한 첫 책《청맥》을 발표

한 1923년을 거쳐, 주브넬과 이혼한 1925년까지의 흘러간 30년 세월을 상기하고 있다.

우리의 사랑에서 남는 것은 무엇인가? 조르주 뒤아멜은 콜레트가 "관능을 사랑으로 혼동하는 이들이 있다. 얼마나 어리석은가!"라는 말을 했다고 전한 바 있다.(PB, 422) 1940년 5월 24일 자('기묘한 전쟁'[5]은 5월 10일에 끝났다) 〈마리 클레르〉의 연애 상담란에서, 콜레트는 "때가 되어 노년이 되면, 서로 미친 듯이 사랑하는 두 사람이 무엇으로 그 사랑을 대체하게 될까요?"라고 묻는 어느 여성 독자에게, "부인, 물론 사랑으로 대체해야죠"라고 짤막하게 대답했다.(JEG, 78)

그녀에겐 부모님의 사랑, 시도와 대장이라는 경이로운 두 존재의 사랑이 이상적 사랑으로 남는다. "주부의 주름 많은 우아한 손에 입을 맞추는, 늙어 초췌해진 남자의 머리. 나는 사랑의 이 완전한 이미지를 인식하고 기억에 떠올리는 게 좋았다."(《시도》, III, 527) 함께 늙어가는 것, 그것이 사랑의 증거다.

---

5 1939년 9월부터 1940년 5월까지, 제2차 세계대전이 본격적으로 시작되기 전 8개월의 기간을 일컫는다.(一옮긴이)

13

야생녀

콜레트는 1940년 5월 〈마리 클레르〉에 "나는 지금도 시골 여자로 살고 있다"라고 선언한다. 작가가 만든 또 하나의 신화, 그것은 생-소뵈르-앙-퓌제요, 그녀의 콩브레다. 그녀의 고향 마을, 그녀의 어린 시절 추억, 전설이 된 그녀의 집, 그녀의 학교, 그녀의 산책들이다. 콜레트는 생-소뵈르 읍을 《클로딘의 학교생활》과, 그녀의 뿌리에 대한 오마주인 《클로딘의 집》에 몽티니로 등장시켜 후세에 길이 남겼다. 그리고 그녀는 시골 여인 이미지를 유지하기 위해 자신의 부르고뉴 억양을 애써 간직했다.

파산한 그녀의 부모는 생-소뵈르에 있는 시도의 첫 남편 집을 1891년에 떠나야 했다. 콜레트가 생의 첫 18년 세월을 보낸 그 집은 현관에 이르는 돌계단 두 개에 정원도 두 개나 되는 아름다운 저택이었다. 그 후 그들은 장남 아실이 의사로 자리 잡은 샤티용-쉬르-루엥(나중에는 샤티용-콜리니)에 정착했는데, 훗날 콜레트는 "너무나 작고 초라한, 생-소뵈르의 고향 집과 너무나 다른" 집이었다고 말한다.(《나의 습작 시절》, III, 999)

콜레트는 1895년에 시상식에 참석하기 위해 생-소뵈르로 돌아갔다. 이 방문이 그녀의 추억담 《클로딘의 학교생활》을 펴내는 계기가 되었다. 그 후 1921년에 베르트랑 드 주브넬과 함께 이 집을 방문했는데, 이때의 산책은 《클로딘의 집》의 기원이 되었다. 또 그녀는 1925년 6월 자동차를 타고 생-소뵈르를 지나간 적이 있다. 세 번째 남편이 될 모리스 구드켓과 함께 남프랑스에서 돌아오는 길이었다. 그녀는 마그리트 모레노에게 보낸 편지에서, "생-소뵈르의 저택 철책을 휘감은 고대 등나무를 (…) 보았어"라고 적었다.(LMM, 107)

아실이 상속받았던 그 저택은 리옹의 한 견직물 업자에게 팔렸고, 이 사업가는 콜레트에게 그 집의 용익권을 제공했다(그녀는 판촉 기사를 하나 써서 그에게 감사를 표했다). 그래서 그녀는 그 집으로 되돌아갈 수 있었다. 그녀는 친구 제르멘 파타에게 이렇게 털어놓는다. "무려 33년이야, 내가 집 내부도 정원도 두 번 다시 보지 못한 지가 33년이나 되었다고! 소멸해버린 시간의 느낌, 가슴 벅찬 감동이 밀려오더군!"(III, XLI) 하지만 그녀는 이 경험을 다시 하지는 않고, 저택을 세를 놓았다. 그녀에게 그 집은 하나의 실재가 아니라 사라진 낙원에 대한 꿈 같은 것이었다.

첫 번째 회상록인 《클로딘의 집》(1922)에서, 콜레트는 자신이 20년도 더 전에 창조한 등장인물과 자신을 동일시하여 고향 집에 대번에 전설의 깊이를 부여하고, 시골·자연·숲·들판·동물을 사랑하는 소녀의 향토성을 살찌운다. 그녀의 기억은 감각들, 특히 후각을 중심으로 정돈된다. "아이들이 뛰어노느라 무거운 우박처럼 사방으로 넘어트린 베지 않은 빽빽한 잔디밭 위로, 으스러진 잔디 냄새가 떠돌고 있다."(III, 978)

그녀는 16살 무렵, 파리에 머물다 집으로 되돌아왔을 때 맛본 행복을 이렇게 이야기한다.

나는 어머니와 정원과 둥그렇게 모여든 동물들에게, 마치 서로 떼어놓을 수 없는 그 모두를 한꺼번에 발견하기라도 한 듯 인사했다. 나의 귀가 시각은 곧 물을 주는 시간이었고, 지금도 나는 저녁의 이 여섯 번째 시간을 소중히 여기고 있다. 파란 면수자 드레스를 적시던 그 초록 물뿌리개를, 왕성한 부식토 냄새를, 그리고 어느 잊힌 책의 백지와 흰 담배의 하얀 화관들과 바구니 속 암고양이의 흰 얼룩에 장밋빛으로 매달리던 그 석양빛을.(III, 999)

콜레트의 집은 언제나 그 향기들과 결부된다.

어린아이의 주의력은 자신의 여러 감각 중 가장 예민한 감각에 복종한다. 내 경우 그것은 후각이었다. 어머니가 '세탁'이라는 말을 내뱉을라치면, 어느새 내 코에는 세탁장의 큰 통을 덮은 삼베 천 위에 가득한 재의 들척지근한 냄새가 밀려들었다. 세탁 담당 여자가 일정 간격으로, 재 무더기 위에 끓는 물을 한 통씩 부으면, 재는 세탁물 더미 속으로 스며들었다…. 흐려진 공기, 푸른 수증기가 구름떼처럼 분분히 굴러다니며, 커다란 둥근 가마솥과 천장에 뚫린 관을 가렸다. 갑옷 같은 작업복을 입은 거구의 세탁 담당 여자는 마치 중력의 법칙을 무시하는 듯, 이 벽 저 벽을 떠다녔다. 뼈다귀처럼 하얀 아이리스 뿌리 한 다발이 어느 못에 걸려 있었다…. 김을 뿜는 반들반들한 용암, 그 재의 막에는 검은색 성냥개비 머리 같은 것들 — 케이크 속의 포도알, 푸아그라 속의 송로 같은 — 이 떠있었고, 나는 손가락을 석회수에 담그며 그것들을 걷어냈다. 그러면 세탁 담당 여자는 내게, "나의 어린 종아, 제발 그것 좀 만지지 마"라고 말하곤 했다.

사실 내 고향에서는, 출생을 지켜본 어린아이에게 유모나 가정부나 어머니가 붙일 수 있는 가장 부드러운 이름은 "나의 어린 종", "나의 어린 동반자"였다.(《시도와 나》,《거꾸로 쓰는 일기》, IV, 169)

1943년에 콜레트는 이 이야기를 뤼시 들라뤼-마르드뤼에게 다시 꺼낸다. "그리고 후각 말인데… 내 경우는 그게 너무나 절대적이어서 다른 어떤 감각보다 월등하게 뛰어나. 다른 감각들도 후각만큼 뛰어났다면 아마 나는 이 세상의 여왕이 되었을 거야, 아니면 사냥개가 되었거나."(LSP, 181)

그녀는 생-소뵈르-앙-퓌제의 저택과 고향 마을을 문학 속에 들였지만, 그 후 현실에서는 그것들에서 멀어져, 브르타뉴나 남프랑스의 다른 집들에 애착을 느낀다. 하지만 그녀의 어린 시절의 그 집, 사랑으로 복원되고, 정성을 다해 가구가 갖춰지고, 공경하는 마음으로 꾸며진 그 집은 프랑스 작가들의 그 모든 집 중에서도 가장 매력적인 집이다. 나는 이 글을 쓰는 동안 그 집을 방문했고, 콜레트의 작은 방을 보았고, 정원을 위에서 아래로 그리고 아래에서 위로 걸어보았다. 모든 게 진짜였다. 그 집을 한번 방문해보길 권한다─《클로딘의 집》과 《시도》를 읽고 난 후에.

14
파리

왜 내가 이 마을 사람으로 사는 것을 그만두겠니? 꿈도 꾸지
마. 가엾은 미네-셰리, 너는 결혼해서 파리에 사는 것을 무척
자랑스러워하는 것 같구나. 나는 파리 사람들 모두가 파리에
서 산다는 걸 그렇게 자랑스러워하는 걸 볼 때마다 정말 웃음
을 참을 수 없단다. 진짜 파리 사람들은 그걸 무슨 귀족 작위처
럼 여기고, 가짜 파리 사람들은 자신들의 계급이 상승했다고
여기잖니. 그런 점에서라면, 나도 내 어머니가 본-누벨 대로에
서 태어나신 걸 자랑스러워할 수 있겠어! 파리 사람이랑 결혼
했기 때문에, 이제 너는 그의 뒷발 위에 앉은 이風 꼴이 되고 말
았어. 내가 파리 사람이라고 할 때는 말이지….(《시도》, III, 495)

콜레트는 마음 깊이 시골 사람이지만, 그러나 수도 파
리에 정착한 이후에는 아주 빠르게 "파리의 전설"이 된

다. 그녀는 무수히 이사를 거듭한 덕분에, 파리의 모든 지구地區를 다 알았다. 그녀는 전쟁통에 서서, 1942년 봄 〈르 프티 파리지앙〉에 실은 글 〈셋… 여섯… 아홉…〉에서, 그녀가 살았던 그 지구들의 목록을 작성한 바 있다.

1893년에 윌리와 결혼했을 때, 그녀는 우선 파리 센 강 좌안左岸 야콥 가街, 안마당에 면한 한 우울한 아파트에서 살았다. 바로 그 아파트에서 그녀는 우울증에 걸렸고, 그 아파트의 테이블 한 귀퉁이에서 《클로딘의 학교생활》을 썼다. "야콥 가에서는 기다리는 것 외에 다른 뭔가를 한 기억이 나지 않는다. 기다리는 사람에게는 그 밖의 다른 일은 모두 부질없다. 스무 살은 그저 다가올 일을 기다리는 것뿐, 다른 건 아무것도 하지 않는 나이다."(IV, 704)

그들은 1896년에 센 강 우안右岸으로 건너갔고, 그 후 콜레트는 영원히 우안을 떠나지 않았다. 그들은 몽소 평원 뒤쪽의 쿠르셀 가, 난방이 잘 안 되는 어느 화실畫室로 이사했다가, 그 후 콜레트가 체육실을 갖추고서 보디빌딩으로 우울증을 달랜 어느 사저私邸의 위층으로 옮겼다.

그녀는 윌리와 헤어진 후에는 빅토르 위고 광장 근처, 지금의 폴 발레리 가街인 빌쥐스트 가에 있는, 미시의 집에서 가까운 한 임시 거처로 들어갔다가, 뒤이어 생-스노슈 가의 한 건물 1층, 거리로 통하는 출입구가 있는 스튜디오로 이사했다. 당시는 순회공연을 하던 시기로, 콜레트는 공사 중인 지역들을 전전하며 자신의 집 주소에 신경을 쓰지 않았다.

1911년 10월 그녀는 코르탕베르 가, 트로카데로 근처에 있는 '스위스 산장'에 정착했다. 앙리 드 주브넬이 살고 있던 취약한 목조 건물이었는데, 19세기에 파시나 오퇴이에 그런 건물들이 있었다. 주브넬은 목욕하는 습관이 있는 아내를 위해, 그 집에 욕실을 하나 덧붙였다.

이 스위스 산장 일부가 전란 중의 어느 폭우 때 무너져내렸다. 콜레트는 1916년 11월, 도축장 가는 길에 있는 쉬셰 대로의 한 작은 사저로 피신했고, 자신의 개와 함께 요새들(현재의 외곽 대로들) 주변을 산책하며, 주브넬과 헤어질 때까지 거기에서 10년을 살았다.

1926년 11월 그녀는 보졸레 가 9번지, 팔레 루아얄의 한 중이층中二層 아파트로 이사했다. "매력적"이었지만 천장이 낮고 어두운, 출입문이 갤러리로 통하는 아파트였다. 그녀는 나중에 이 아파트를 떠나면서, "(…) 거기서 나는 4년간 어둠 속에서 밤낮으로 램프를 켜고 살았다"라고 말한다.(IV, 218) 콜레트는 팔레 루아얄의 이 동굴 같은 아파트를 좋아했다. "귀족적인 위층과 1층의 가게 사이에 짓눌린, 아케이드 아래 웅크린 이런 소굴 같은 거처를 옹호했고, 또 옹호할 이가 나 외에 누가 있을까?"(IV, 724) 하지만 의사는 그녀에게 만성 기관지염에 해롭다며 그곳을 떠나도록 명했다.

1931년 초, 그녀는 높은 곳, 샹젤리제 대로에 있는 클라리지 호텔 6층을 거처로 골랐다. 그녀는 한 여자친구에게 보낸 편지에서, "아마 너는 내가 이 비둘기 집을 나의 가구들로 어떻게 꾸몄을지 짐작할 수 있을 거야! 방 둘, 발코니 둘, 태양, 선창에서 불어오는 한 줄기 바람"이라고 썼다.(LHP, 127) 그녀는 "작가는 호텔에서 일해야 일이 잘된다"라고 말하며, 이곳에서 자신을 꽃피웠다.(IV, 731) 하지만 클라리지 호텔은 파산했고, 1935년 초, 그녀는 샹젤리제 대로 건너편의 외풍 많은

새 건물 르 마리냥의 8층으로 이사해야 했다.

그러다 기적이 일어났다. 1937년 11월, '콜레트의 이사'를 주제로 한 〈파리-미디〉와의 인터뷰에서, 그녀는 자신이 새 거처를 찾고 있으며, 팔레 루아얄의 2층, 즉 자신이 예전에 살았던 중이층의 위층이 자신이 꿈꾸는 집이라고 털어놓았다. "그 기사가 나의 아파트에 살고 있던 사람 눈에 띄었죠! 즉시 그가 내게, '부인, 우리는 이사해요. 이 아파트는 당신 것입니다'라고 편지를 썼어요."(LPC, 35)

꿈은 이루어졌다. 그녀는 1938년 초, 열두어 번의 이사 끝에, 마치 원천으로 되돌아가듯 그 집으로 옮겨가 그곳을 그녀의 마지막 거처로 삼았다. "그렇다, 나는 파리에서 또 하나의 지방을 찾아냈다"라고 그녀는 말했다. 사실 파리도 알고 보면 나란히 놓인 여러 작은 지방들의 집합체이니까.

내 집에서 '보도블록'까지 많이 걸을 일이 별로 없다. 6월, 동이 트면, 거기에 딸기가 주저앉고, 장미가 흐드러지고, 송이 영근 구스베리가 핏방울 같은 복수초와 대결하고, 참제비고

깔속이 하늘을 주시한다. 희미한 빛 속에, 파란색이 조금만 가미되어도 그것은 곧 보랏빛 하늘의 푸르름이 된다. 초록빛 블라우스가 오렌지빛 금잔화 더미를 만나 불타고, 글라디올러스의 목구멍이 붉게 달아오른다. 색채들의 소란이요, 외침들의 소란이다. 오직 이 두 앞뜰, 레 알과 라 부르스에서만이 우리는 남프랑스 사람들처럼 난폭하게 큰소리로 대화를 나눌 수 있다.[6]

콜레트는 그녀의 친구 레옹 폴 파르그처럼 오랫동안 파리의 보행자로 살았지만, 또 다른 파리, 쾌락과 위험이 있는 밤의 파리에도 익숙했고, 《순수와 비순수》에서 그 풍속도를 그렸다. "유리창 반대편으로 소리 없이 움직이는 파리의 한 폭[7], 아스팔트 호수 위를 나는 불 파리들의 비상이 나타난다."(III, 567)

6 《파리》, 렌 시미에르의 석판화집, 1938년; 〈카이에 콜레트〉, 12호, 1990년. pp. 14~18 참조.
7 천 한 폭 너비만큼 열린 부분.

15

파샤

앙리 드 주브넬은 180센티미터의 장신에 인물이 수려했고, 정계 거물이었다. 콜레트가 1911년에 있었던 둘의 첫 만남을 1913년《족쇄》에 옮겨 적으며 묘사하는 인물이 바로 그다.

나의 시선은 잘생긴 한 남자의 얼굴에 결함이 될 만한 모든 것을 겨냥하고 포착한다. 약간 칼마키아 지방 사람 같은, 뾰족한 턱에 너무 넓고 너무 불거진 두 광대뼈, 투우牛의 콧부리, 그리고 검은색에 가까운 풍성한 머리카락 가장자리에서, 오늘 나는 면도한 좁은 여백의 푸른색, 매일같이 이마를 넓히고 기품있게 만드는 그 은밀한 벌채의 흔적을 어렵잖게 구분한다…. 그밖에 다른 나머지는 그냥 스쳐 지나간다, 두툼하지만 양쪽 끝이 섬세한 입, 내 눈보다 습기가 많아 더 반짝거리는 두 눈동자를 피해서 주변을 걸돈다. 작지만 둥근 귀와 줄질한 듯 짧아진 아래 앞니들 때문에, 나는 '퇴화!'라는 진단을 내리지만, 이 '퇴화한' 인간이 가진, 붉은 반점도 검은 점도 없는, 창백한 두 어여쁜 콧구멍만은 부러워한다. 그 콧방울들은 심오한 조각술로 얼굴에 접합되어 잘 마무리되어 있다. 돌연한 손놀림으로, 마치 우리의 비판적 상호 검진을 이만 끝내고 싶다는 듯, 그가 담배 케이스의 걸쇠를 딸까닥하는 소리를 내며 닫는다.(II, 383~384)

이 급작스러운 격렬한 끌림은 콜레트가 1910년 말 프랑스 일간지 〈르 마탱〉에 기자로 입사한 직후 선언되었다. 당시 주브넬은 이 신문을 한 달에 보름씩 번갈아 이끄는 두 주필 중 한 명이었다.[8] 그는 그녀보다 세 살 어렸다. 둘의 사랑은 관능적인, 미친 사랑이었다. 1911년 봄, 미시와 함께 로즈방 빌라에 머무르고 있던 그녀는 조르주 와그에게 파리로 되돌아갈 구실을 좀 만들어달라고 요청한다.(LV, 52) 1911년 7월 1일, 로잔

---

8 다른 한 명은 스테판 로잔이다. 당시 〈르 마탱〉 지는 150명의 기자가 일하는, 프랑스 4대 일간지 중 하나였다.(—옮긴이)

근처, 우쉬 성에서 이루어진 콜레트와 주브넬의 첫 데이트는《족쇄》에 실려 있다.

기이한 커플이다. 한 사람은 미시의 동반자로 널리 알려진, 작가이자 뮤직홀 배우인 1911년의 콜레트라는 연예인이고, 다른 한 사람은 내각을 마음대로 주무른다는 평판이 자자한 공화파 정치인이자 대기자, 신문사 주필이다. 쥘 르나르는 1907년 3월 28일 자《일기》에서 이렇게 특기했다. "주브넬, 몸매도 가늘고, 수염도 가는 인물 (…). 그는 〈르 마탱〉을, 거의 프랑스 전체를, 세계의 일부를 이끌고 있다."

둘의 만남은 두 세계의 충돌이지만, 두 사람의 삶의 방식을 이끄는 것은 똑같은 반순응주의다. 주브넬은 클레르 보아와 이혼한 후, 현재 모리스 피예-빌 부인(처녀 시절 이름은 이자벨 드 코밍즈)의 정부로 있다. 그는 두 여자, 전처와 이 애인에게서 베르트랑 드 주브넬과 르노 드 주브넬이라는 아들을 하나씩 얻었다. 드레퓌스파에다 정당들로부터 독립적인 주브넬은 귀족이요, 검객이요, 사냥꾼이다. 행동가이자 문필가인 그는 〈르 마탱〉을 이끌기 전, 콩브 정부의 법무부 장관 비서실장으로 일했고, 두 번째 루비에 내각의 상무부 장관실 사무차관으로 일했다.

두 사람의 관계는 초기에는 복잡했다. '표범'이라는 별명을 가진 이자벨 드 코밍즈는 콜레트를 죽이겠다고 위협했고, 그래서 그녀는 "권총 찬" 호위병들을 두어야 했다.(LV, 55~58) 한편 미시는 체념하고서, 둘의 로즈방 빌라를 떠나 멀리 떨어진 곳에 다른 빌라를 하나 매입했다. 한데, 주브넬과 콜레트의 관계에서는 성적 화합이 하나의 새로운 발견이었던 것 같다. 그녀는 1911년 8월, 조르주 와그의 아내 크리스티안 망들리에게 쓴 편지에서, "그런데, 내가 신체 문화를 소홀히 한다는 얘기를 누구에게서 들었지?"라고 묻는다. "그냥 새로운 방식을 갖게 된 거야. 그뿐이야. 시디Sidi의 방식. 탁월해. 공개강좌는 없어. 특별 교습—아주 특별한 교습이 있지,"(LV, 59~60) 시디란 곧 얼굴빛이 짙은 주브넬을 가리킨다. 부드러운 피부 때문에 그를 파샤라거나 술탄으로 부르기도 하고, 예전에 윌리를 라 두세트라고 불렀듯 그를 셰리라고 부르기도 한다.[9]

그 후 행복한 몇 년이 이어진다. 1년간의 연애 끝에

1912년 12월에 결혼식도 올리고, 1913년 7월에는 어린 콜레트가 태어난다. 주브넬이 1914년 8월에 군대에 동원되면서 콜레트를 곤혹스럽게 했으나, 그녀는 그해 12월 베르됭으로 그를 찾아가며, 그 후 1915년 5월에 또 그를 찾아가 만난다. 1916년과 1917년에는 주브넬이 민간인으로 배속되어 3국협상 위원회 프랑스 대표로 있던 이탈리아에서 재회한다.

하지만 주브넬은 윌리처럼 바람기 많은 남자요, 콜레트가 《순수와 비순수》에서 그 행실을 그리게 되는 돈 후안 중 한 명이었다. 1919년, 그는 양재사 제르멘 파타의 정부가 되고, 곧이어 마르트 비베스코 왕녀의 정부가 된다. 그리고 콜레트는 그의 정치 이력에 걸림돌이 된다. 그가 베를린 주재 프랑스 대사로 임명되지 못한 이유는 그녀가 뮤직홀에서 연기하는 장면을 찍은 사진 한 장이 어느 신문에 "미래의 프랑스 대사 부인"이라는 제목으로 실렸기 때문인지도 모른다.(PB, 275) 그는 1921년에 코레즈 상원의원으로 선출되었고, 1923년에 국제 연맹

---

9 라 두세트(자기), 셰리(여보), 파샤(터키 제국 고관), 술탄(통치자).(―옮긴이)

대표로 파견되었으며, 1924년에 교육부 장관, 1925년에 시리아 고등판무관 등의 정치 이력을 쌓아가지만, 콜레트는 그의 정치적 야망의 동반자로 따라나서지 않으며, 여러 정치 관련 점심 식사 모임이라든가 공적인 방문 자리, 예컨대 1923년 푸앵카레 총리의 튈 방문 같은 공식 석상에 참석하지 않는다.(IV, 932; LV, 167)

이즈음 그녀는 남편이 첫 결혼에서 얻은 아들 베르트랑 드 주브넬과 정이 통한 상태다. 주브넬과 콜레트는 1923년 10월에 헤어진다. 콜레트는 마그리트 모레노에게, "나는 한 시간 또 한 시간, 하루 또 하루, 한 주 또 한 주 그를 기다리며 지내"라고 쓴다.(LMM, 74) 그리고 조르주 와그의 아내에게, "난 지금 한 달째 혼자 있어요. 그는 내가 순회 강연을 하는 동안 말 한마디 없이 떠나버렸죠. 이혼해야죠"라고 쓴다.(LV, 171) 그들의 이혼은 1925년 4월에 공표되는데, 콜레트와 베르트랑 드 주브넬의 관계도 이때 끝난다.

그 후 주브넬은 1932년에 이탈리아 대사로 파견되었다가 1935년에 피습으로 사망하지만, 윌리와의 관계에서도 그랬듯이, 서로 부정을 저질렀음에도 주브넬에게 오랫동안 집착했던 콜레트는 결별 이후에는 더는 그를 보지 않았으며, 역시 윌리와의 관계에서처럼, 나중에 소설 《쉴리 드 카르넬앙》을 써서 그에게 복수했다.

콜레트와 함께하는 여름

16

신문 기자

《나의 습작 시절》에서 콜레트는 1900년 한 해를 막 넘기며 《클로딘》이 성공했을 때, 카튈 망데가 제일 먼저 그녀에게, 그녀가 작가임을 일깨워주었던 일을 이야기한다.

윌리 씨가 잠시 방에서 나가자 카튈이 내게 불쑥 말했다.

"《클로딘》의 저자는 바로 당신이죠, 그렇지요⋯. 천만에, 천만에요, 질문을 하는 게 아녜요. 너무 당혹스러워하지 마세요⋯. 나중에⋯ 잘은 몰라도⋯ 20년이나 30년 후, 저절로 알게 될 겁니다. 그때는 당신도 문학에서 하나의 유형type을 창조한다는 것이 무엇을 의미하는지 알게 될 거예요. 아직은 미처 모르고 있죠. 그건 하나의 힘입니다, 그럼요, 오! 그럼요! 하지만 일종의 벌이기도 해요. 당신에게 따르는, 당신의 피부에 달라붙는 과실過失 같은 것이기도 하고, 역겨워 뱉어내는, 참을 수 없는 보상 같은 것이기도 하죠…. 당신은 그걸 피하지 못할 거예요, 하나의 유형을 창조했으니까." 그때 윌리 씨가 돌아왔고, 카뢸은 원래 대로 다시 가볍게 수다를 떨었다.(III, 1013)

콜레트는《날의 탄생》에서는 이 이야기를 좀 더 간략하게 줄였다. "당신은 나중에 가서야 헤아릴 수 있을 거요"하고 망데는 죽기 직전에 내게 그렇게 말했다. "당신이 창조한 문학적 유형의 힘을 말이오."(III, 316)

그 후, 그녀는 평생 자신을 부인하며 살았다. 그녀는 작가가 아니었고, 그녀는 문학을 좋아하지 않았다. 그녀가 글을 쓴 이유는 생계를 꾸리기 위해서였고, 소득을 보장받기 위해서였다. 그녀가 저널리즘을 그토록 좋아한 것은 그래서다. 시도의 두 오빠는 벨기에의 비중 있는 기자들이었고, 대장도 신문을 애독하는 독자였다. 콜레트는 저널리즘의 먹물이 피에 밴 사람이었다. 훗날 그녀가 죽었을 때 장 폴앙이, 그녀는 "소설 속으로 길을 잘못 든 대大 기자였다"라고 음흉스레 말하게 되는 것도 그래서다.(CJ, 14) 이미 1895년부터 그녀는 모리스 바레스가 주도하던 〈라 코카르드〉와 협력하고,《동물들의 대화》와《포도밭의 덩굴손》첫 글들은 먼저 〈르 메르퀴르 뮈지칼〉에 실렸다가, 1905년과 1908년 사이에는 〈메르퀴르 드 프랑스〉, 〈라 비 파리지엔〉에 실린다. 하지만 콜레트가 "대 기자"가 된 것은 다른 무엇보다도 역시 1910년부터 〈천일조화〉를 게재하는 동시에 특파원으로도 활동한 〈르 마탱〉에서 오랫동안 일한 덕분이다.

시도는 그때 그녀에게 주의하도록 당부했다. "네가 〈르 마탱〉에 너무 깊이 물린 것 같아. 그건 곧 문학 작품의 끝, 소설의 끝을 얘기하는 거야. 저널리즘보다 작가를 마모시키는 것도 없단다."(LC, 397) 훗날 콜레트는 자신의 신입 시절, 주브넬과 교대로 일한 두 번째 주필의 적대감을《개밥바라기》에서 이야기한다. "내가! 내가, 이… 이 어릿광대와 알고 지내야 한다니, 이…."(IV, 791) 하지만 〈르 마탱〉은 거의 백만 부를 발행하는 신문이었고, 콜레트는 인정받는 작가요 유명 여성이었다.

콜레트는 전후에는 〈르 마탱〉에서 극 비평가이자

문학 담당 편집자로도 일했다. 이 일간지를 떠나는 계기가 된 주브넬과의 결별 때까지였다. 동물과 뮤직홀은 처음에는 다루길 꺼린 주제였지만 그녀는 곧 이를 뛰어넘었고, 이 주제들과 관련된 많은 기사가 여러 권의 책으로 묶였다. 전쟁에 관한 글을 모은 《뮤직홀의 이면》과 《긴 시간들》, 그리고 탐방 기사들을 모은 《군중 속에서》, 좀 더 사적이고 문학적인 《클로딘의 집》, 《청맥》 같은 책들이 그렇다. 콜레트는 저널리즘에 새로운 스타일, 그녀만의 스타일을 끌어들였다. '군중 속에서…' 같은 기사가 좋은 예다. 이 기사는 사건 주동자 측에서가 아니라 아래쪽에서 본, 아무것도 이해하지 못하는 구경꾼 무리에 뒤섞여서 본 르포르타주다. 그날, 콜레트는 경찰이 1912년 4월 28일 보노Bonnot가 경찰과의 대치 중에 사망한 그 자동차 정비 공장을 급습하는 것을 목격한다.

… 저기에 뭔가가 있다…. 그것은 도로 양옆으로 불규칙한 개울처럼 퍼져나가고, 시커먼 긴 물웅덩이들로 고이고, 파리 경비대와 경찰들의 봉쇄에 막힌 군중보다 더 먼 곳에 있다….

콜레트와 함께하는 여름

그것은 파도 거품처럼 피어오르는 조용하고 빽빽한 먼지 저 너머에 있다…. 저기, 큰길 오른쪽에 뭔가가 있다, 모든 사람이 바라보되 아무도 보지 못하는 뭔가가 있다….

나는 지금 막 도착했다. 그래서 나는 때로는 판촉 기간에 백화점을 방문한 구매자처럼 난폭하게 굴기도 하고, 때로는 연약한 피조물답게 나긋나긋하고 상냥하게 굴기도 하면서, 기를 쓰고 맨 앞줄로 나아가고자 했다. "선생님, 좀 지나갈게요…. 오! 선생님, 숨이 막혀요…. 선생님, 키가 그렇게 커서 참 좋겠어요…." 결국 사람들은 나를 맨 앞줄로 가게 해주었다. 이 군중 속에는 여자들이 거의 없었기 때문이다. 내가 푸른 제복을 입은 어느 경찰 — 군중을 봉쇄한 말뚝 중 하나 — 의 어깨를 치며, 좀 더 멀리 갈 생각으로 입을 연다. "경관님…."

"못 갑니다!"

"하지만 저기 뛰어가는 사람들이 있잖아요, 저분들은 통과시켰잖아요!"

"그분들은 기자 양반들이죠. 게다가 남자들이고요. 당신이 기자라 하더라도, 치마를 입은 이상 여기에 얌전히 있어야 해요."

"부인, 내 바지라도 빌려드릴까요?"하고 웬 다른 목소리가 변두리 지역 말투로 제안한다.

그들은 큰소리로 웃었고, 나는 입을 다물었다.(II, 610)

콜레트는 정치를 남자들의 소관으로, 주브넬의 소관으로 여겼고(어차피 여성들은 투표권도 없었다), 자신이 편집실에 있는 걸 편하게 느끼지 않았다. 나중에 그녀는 《개밥바라기》에서, "나만 있으면 앙심 어린 토론의 열기가 식거나 아예 꺼져버리는 걸 보면, 정치가 내게 늘 불러일으키던 거리감이 나의 얼굴에 다 드러났던 게 아닐까? 사람들은 마을의 백치 여자에게도 그 이상 잘할 수 없을 만큼, 나를 너그럽고 친절하게 대했다"라고 말한다. 어쩌면 이는 페미니스트적 항의처럼 느껴질 수 있는 성찰이다.(IV, 794)

그녀는 신문에서 일상이라든가 여성들, 아이들, 동물들, 자연 등을 점점 더 많이 다루게 되며, 서민을 겨냥하여 기사를 쓴다. "…나를 자극하고 내게 생기를 주는 것은 대개 일상의 평범한 일들이다"라고 《파란 등대》에서 말한다.(IV, 966) 〈르 마탱〉지 이후에도 그녀는, 〈르 피가로〉·〈르 주르날〉·〈보그〉·〈파리-수아르〉 같은 신문들이나, 그녀가 1939년과 1940년에 편집 책임을 맡아 날이 갈수록 점점 더 많은 지면을 여성들에 할애했던 〈마리 클레르〉 특별 호들에 이르기까지, 수많은 신문에 협력했다. 윌리의 이름으로 발표된 초기 기사들을 빼고도, 50년간 천 편이 훨씬 넘는 기사를 썼다.

17

"나는 미식가가 되고 싶다"

콜레트의 작품에는 미각에 관한 글이 많은데, 그녀에게 미각은 "우리의 감각 중 가장 귀족적인" 후각 못지않게 중요한 감각이다.(《순수와 비순수》, III, 585) 《클로딘의 학교생활》에 등장하는 딸들은 모든 것을 입으로 가져가며, 미각을 통해 세상을 발견한다. 예컨대 아나이스 언니는 "목탄과 고무지우개를 와작와작 씹는다."

아무리 그녀에게 그런 괴상한 먹거리를 못 먹게 해도 소용이 없다. 그녀의 주머니와 입에는 온종일 나무 연필, 불결한 시커먼 고무, 목탄, 장밋빛 압지壓紙가 가득하다. 분필, 흑연 등, 그 모든 것이 이상한 방식으로 그녀의 위장을 채운다. (…) 적어도 나는 담배 마는 종이만, 그것도 특정 브랜드 종이만 먹는다. 하지만 껑다리 아나이스 매주 새로운 '용품들'을 요구

콜레트와 함께하는 여름

하여 읍을 아예 거덜 내는데, 우리에게 학용품을 공짜로 주는 읍 자치위원회는 이 일로 개학 때 항의를 한 일도 있다.(Ⅰ, 22)

콜레트는 《시도》에서, "내가 한 줌씩 가득 먹곤 하던 흰색의 넓적한 봉인封印용 빵"을 회상하고,(Ⅲ, 516) 나중에 〈초록 밀랍〉에서 또다시 이 얘기를 꺼내, "콜 아 부쉬"[10]와 "여러 색깔의 봉인용 빵(나는 흰색만 먹었다)" 같은 '사무용품들'에 대한 대장의 병적 취미를 서술한다.(Ⅳ, 385) 그녀는 또 앵초의 밀랍을 좋아하여, "촛대들을 따라가며, 긴 눈물 형태로 '녹아내린 것들'을 먹으려고" 긁어내곤 했다.(《시도》, Ⅲ, 542) 콜레트는 입의 이 유해한 즐거움을 평생 간직했다. 《클로딘의 집》에서는 "죽은 돼지의 발이 불에 구워져 터질 때, 두 갈래로 갈라진 그 작은 발굽의 틈에 남는 가느다란 비계" 얘기가 나오는데, "그것을 나는 아주 맛난 과자처럼 먹는다…"라고 클로딘은 말한다.(Ⅱ, 975)

그녀는 입의 즐거움에 대한 권리를 큰소리로 요구

---

10 침을 발라 접합할 때 쓰는, 종이에 굳어 있는 반죽 덩어리.(―옮긴이)

했다. "나, 나는 식도락가다"(《본 것》, 1935년 4월 10일)라는 글을 예로 들어보자.

> (…) 내 식도락의 기원은 시골 음식으로 거슬러 오른다. 나는 껍질이 두꺼운, 12파운드짜리 짙은 갈색의 둥근 빵을 좋아했고, 아마의 잿빛을 띠는, 신선한 호밀 냄새를 풍기는, 고르고 조밀한 빵 속살을 좋아했고, 아직도 칼날 아래에서 자신의 유장乳漿을 애통해하는, 전날 밤에 다진 버터 덩어리, 전혀 원심분리 되지 않은, 보존하기 어려운 버터, 이틀만 지나도 산패酸敗하는, 꽃처럼 향기롭고 무상한, 손으로 짠 버터, 고급 버터를 좋아했으니까….(《손이 닿는 곳》, OCF, XIV, 413)

콜레트는 "속 채운 자고새, 푸아그라, 당의糖衣 입힌 가자미"를 그리 좋아하지 않았으며, 그보다는 "소시지와 소의 위"를 좋아했다.(LV, 167)

훗날 "미식가들의 황태자" 퀴르농스키가 된, 윌리의 작업실 동료 모리스 사이양은 〈식탁의 콜레트〉라는 글에서, 카망베르 치즈가 어떻게 그녀를 치유했는지를 회상한다. 그녀가 그에게 그런 이야기를 들려준 것은 자콥 가에 살던 시절이다.

> "다섯 살 때 나는 고열에 시달리며 몹시 아팠던 적이 있다. 사
> 람들은 내게 우유와 야채죽과 과일 몇 개를 가져다주었다. 나
> 는 '카망베르 치즈를 줘, 카망베르 치즈를 줘'라고 말하며 그
> 것들을 모조리 거부했다.
> 얼마 후, 의사가 일상 방문차 도착했다. 그가 나의 작은 방 문
> 지방에서 불쑥 걸음을 멈추었다. 그의 두 눈이 내 눈처럼 반
> 짝거렸으나 그 이유는 달랐다. 간밤에 물만 먹도록 처방한 여
> 자아이 환자가 네모난 빵에 삼각 카망베르 치즈를 바르고 있
> 었던 것이다…."[11]

이 일화는 1935년 〈가제트 던롭〉에 실은 '치즈'에 관
한 기사에서 이미 얘기된 바 있다.(〈미식〉, PP, 172)

그녀는 무거운 요리를 좋아했고, 1920년대와 1930년
대에 몸무게가 불었다. 《클로딘의 집》에서 그녀는 "대
체 어떤 조상이, 아주 소식하는 부모님을 통해, 튀긴 토

---

11 《문학과 식도락의 추억》, 알뱅 미셸, 1958. p. 297.

끼며 마늘 곁들인 양 넓적다리 고기, 적포도주에 삶은 달걀 반숙 (…) 등에 대한 숭배를 내게 물려주었단 말인가?"라고 묻는다.(II, 1010) 1921년에는 주브넬의 저택 카스텔 노벨에서, 마그리트 모레노에게 이렇게 쓴다. "(…) 나는 식사 때마다 여섯 개의 통마늘을 먹어. 여섯 개밖에 주지 않기 때문에 여섯 개를 먹는 거야. (…) 과일, 크림, 응고시킨 우유도 많이 먹고, 오후 4시에는 거품 이는 아주 뜨거운 우유를 마셔."(LMM, 57) 1923년 가을, 주브넬과 헤어질 때, 그녀는 브리브 시장으로 가서 "그윽한 향기가 나는 아주 작은 무화과들"을 한껏 맛보고, 나중에 마르세유 순회 강연 때는 "특히 해산물만 보면 동하는 그녀의 식욕을 그 누구도 말릴 수가 없다."(LMM, 74, 77)

음식은 그녀에게 영감을 준다. 쉬셰 대로에 살 당시 그녀가 주브넬의 정계 친구들을 점심 식사에 초대했을 때 준비한 그 "갈색 도기 접시에서 지글거리는 넓적다리 고기"라든가, 1933년 칸의 어느 진열창에서 본, "투명한 호박색 바나나, 장밋빛이 감도는 하얀 배, 아직 촉촉한 시럽 방울들이 맺힌 복숭아, 비취색이 감도

콜레트와 함께하는 여름

는 무화과… 등, 절인 과일들로 가득 채워진" 당과(PB, 329~330)라든가, 그녀가 1928년 〈보그〉에서 다음과 같이 예찬한 송로松露버섯 등.

얇은 송로 조각, 송로 다짐, 송로 부스러기, 송로 껍질 등등이 다 뭐란 말인가! 송로 그 자체를 좋아할 줄은 모르는가? 송로를 좋아한다면, 그 몸값을 제대로 내거나 아니면 그것에게서 멀어지시라. 송로를 샀다면, 그 향기롭고 오돌토돌한 그것 자체를 드시라, 따끈한, 호화로운 1인분 음식으로 나오는 채소 요리처럼 그것을 드시라. 글겅이로 빗겨만 주면, 아주 힘들게 손질할 일도 없다. 그 절대적인 맛은 까다로움과 번거로움을 우습게 여긴다.(〈의례들〉,《감옥과 낙원》, III, 732)

이외에도 치즈와 포도주에 대한 많은 예찬이 있고,(III, 691; PP, 172~174) 콜레트가 요리에 대한 자신의 모든 시적 감흥을 펼쳐 보이는 감미로운 고백, 1939년에 〈마리 클레르〉에 발표한 "나는 미식가가 되고 싶다" 같은 글도 있다.

그녀는 자신의 고향 부르고뉴라든가 아버지의 고향

인 프로방스 지방의 시골 가정식을 높이 평가했으나, 여행 중에 모로코 요리를 발견하고 매혹되기도 했는데, 미식과 관련하여 그녀가 쓴 가장 아름다운 글 중 하나는 1929년 마라케시에서 점심 식사로 맛본 스튜 요리에 대한 묘사다. "양고기에 또 양고기, 재청 삼청된 양고기, 양고기와 회향 다진 속, 양고기와 커민과 호박, 양고기와 스무 가지 조미료를 맛보고, 또한 다지고, 설탕을 치고, 육두구 얹은 연한 닭고기 속을 감춘, 쌓을 수 있는 데까지 운모상雲母狀으로 포갠 크레이프들의 세련된 유희"를 맛볼 수 있는 스튜 요리다.《감옥과 낙원》, III, 773)

콜레트의 미각적 즐거움은 한둘이 아니나, 뒷맛 좋은 것으로 내가 간직한 것은 바로 《암고양이》의 퇴행성 주인공 알랭의 아침 식사, 그가 마치 네 살 어린아이로 되돌아간 듯, "빵의 모든 '눈'을 버터로 가려버리는" 데서 맛보는 그 즐거움이다.

18

플로라와 포모나

어머니는 모자를 뒤로 젖혀 넘긴 채, 외눈 코안경 사슬을 깨물고는 천진하게 내게 물었다.

"이거 참 곤란한데… 내가 묻어놓은 게 샤프란 알뿌리 가족인지, 아니면 공작나비 번데기인지 모르겠는 걸…."

"그거야 파보면 알지…."

날랜 손이 내 손을 말렸다 ― 무엇이 '시도'의 이 손, 집안일과 정원일, 차가운 물과 태양에 의해 일찍부터 주름이 새겨지고 갈색으로 변한 이 손, 끄트머리가 잘 다듬어진 그 긴 손가락들, 타원형의 볼록한 그 아름다운 손톱들을 빚고, 칠하고, 다듬었을까….

"절대로 안 돼! 번데기라면 공기가 닿으면 죽을 거고, 크로커스라면 빛이 그 하얀 새순을 말려 죽일 테니, 만사 도루묵이잖니! 알아들었니? 건드리지 마?"

"알았어요, 엄마…."(《시도》, III, 506~507)

콜레트가 동물과 마찬가지로 식물을 잘 알게 된 것도 어머니 시도 덕분이다. 시도는 콜레트가 위에서 묘사하듯 손이 닳도록 집안일을 한, 정원 일만 잘하는 사람이었던 게 아니라, 딸에게 식물학의 즐거움, 식물 이름들이 주는 즐거움을 전수해준 교양 있는 여성이기도 했다. 콜레트가 소중히 여긴 책 중에는 파브르의《곤충기》외에도,(《호텔 방》, IV, 53) 비보르의 네 권짜리《원예학 앨범》이 있었다.(III, 1016) 과수 재배를 다룬 저술, 특히 "무수한 이미지들"로 된 이 책은 시도에게서 물려받은 책으로, 그녀는 이 책들을 발자크의《전집》과 함께 이사하는 곳마다 가지고 다녔다.(《나의 창에 대하여》, IV, 651)

콜레트는 식물학의 전문 명칭보다는 시적인 이름을 선호한다. 예컨대《클로딘의 파리 생활》에서, 아버지가 몽티니에서 불러들인 하녀 멜리가 그에게 집안 소식을 전하며, "그 커다란 '님프의 넓적다리' 장미는 애벌레들 때문에 이미 글렀어요"(I, 330)라고 말한 이후, 분홍 장

콜레트와 함께하는 여름

미를 가리키는 이 이름은 그녀의 글에 자주 등장한다. 《클로딘의 부부생활》에서는, "내게 향을 주는 건 그 커다란 님프의 넓적다리 장미야…"라고 말한다.(I, 512)

몽티니 혹은 생-소뵈르의 상징인 이 장미 나무를, 우리는 콜레트 어머니의 별난 행동을 가장 상징적으로 나타내는 《시도》의 한 페이지에서 다시 보게 된다. 그녀는 어느 마을 사람 장례식 때, 자신의 이 꽃들을 관이나 무덤 장식용으로 주기를 거부했다. "안 돼. 누구도 내 장미들에 앙페르 씨와 같이 죽으라는 벌을 선고하진 않았어." 하지만 그녀는 한 이웃 여인의 젖먹이, "아직 말도 할 줄 모르는 (…) 어린아이에게는 매우 아름다운 꽃 한 송이를 기꺼이 희생했다."

그녀가 아이에게 감동한 님프의 넓적다리 장미 한 송이를 주자, 아이는 얼른 그것을 받아 입으로 가져가 빨더니, 억센 두 손으로 꽃을 짓이기고는, 자신의 두 입술처럼 핏빛인, 가장자리 붉거진 그 꽃잎들을 뽑아댔다….

"기다려, 이 고얀 녀석!"하고 아이의 젊은 어머니가 말했다.

하지만 나의 어머니는, 두 눈과 목소리로, 장미의 살육을 칭

찬했고, 나는 아이를 부러워하며 입을 다물었다….(III, 508)

콜레트가 매력적인 글 〈식물도감을 위하여〉를 쓴 것은 2차 대전이 끝나고, 로잔의 어느 편집자가 일주일에 한두 번 그녀에게 꽃다발을 보내 그것을 묘사하게 했을 때였다. 교육적 분류도, 체계적 묘사도, 계통학도 아닌 〈식물도감을 위하여〉는 자의적인 하나의 "보잘것없는 여담"이라고 그녀는 말한다. 첫 번째로 예찬받은 꽃은 장미다. 그녀는 식물학자들이 헤프게 마구 붙인 늙은 장군들이나 대 실업가들 이름보다는 자신이 어린 시절에 불렀던 이름들을 선호한다. "(…) 장미여, 나의 종교가 네게 주는 세례명이 더 낫지 않니, 내가 남몰래 자줏빛 원죄, 아브리코틴, 백설, 요정, 검은 미라고 부르는 너, 감동한―님프의―넓적다리 같은, 아주 세속적인 이름의 오마주를 당당하게 지지하는 너!"(IV, 886)

《시도》의 도입부, 시도가 파리에 와달라는 주브넬의 초대를 거부하는 그 잊지 못할 편지를 인용하지 않을 수는 없을 것 같다. "왜냐하면, 나의 장밋빛 선인장이 곧 꽃을 피워서 그래. 누가 준 아주 희귀한 식물인데,

콜레트와 함께하는 여름

우리 기후에서는 4년에 한 번 꽃을 피운다고 해. 한데 나는 이미 아주 늙은 사람이라, 이번에 그 장밋빛 선인 장이 꽃을 피울 때 내가 곁에 없다면, 다음에 다시 꽃 피우는 걸 보지 못할 게 분명해…."(III, 277) 멋지지만, 콜레트가 다시 쓴, 꾸며낸 편지다. 왜냐하면 시도는 파리 방문을 받아들였다가, 건강 문제 때문에 포기해야 했기 때문이다.

> (…) 믿을 사람이라곤 나밖에 없는 존재들을 여러 날 내버려
> 두어야 한다. 내게 자신의 모든 신뢰와 애정을 쏟은 민Minne,
> 곧 꽃을 피울 화려한 돌나물, 꽃받침이 넓게 벌어져 내가 여
> 유롭게 수분受粉을 감시할 수 있는 글록시니아.
> 내가 없으면 이 모든 것이 고통받을 텐데, 며느리는 자신이
> 잘 돌보겠다고 약속한다. 물론 그러겠지, 시어머니를 며칠이
> 라도 떨쳐버릴 수 있어서 너무도 기쁠 테니까.(LC, 473)

콜레트는 사실 프루스트보다 먼저 비자발적 기억이라는 것을 창조했다.《클로딘의 집》에서, 클로딘의 아버지가 병이 난 딸에게 가져다주는 제비꽃 꽃다발 냄

새를 통해서다. 이 꽃다발은 그녀에게 시골에 대한 향
수를 불러일으키고, 이를 통해 시골은 고스란히 되살
아난다.

그 싱싱한 꽃들의 향기, 그것들과의 신선한 접촉은 나의 고열
高熱이 떠나온 몽티니 앞에 드리웠던 망각의 커튼을 대번에
걷어냈다…. 잎사귀 없는 투명한 숲들이며, 시든 푸른 야생자
두와 얼어붙은 들장미 열매가 양옆으로 늘어선 길들, 계단식
마을, 홀로 푸른 침울한 담쟁이덩굴에 휘감긴 탑, 그림자 없
는 부드러운 태양 아래 희게 빛나는 학교. 나는 낙엽들의 그
부패한 사향 냄새를 다시 맡았고, 잉크와 종이와 젖은 나막신
에 오염된 교실의 공기를 다시 호흡했다.(I, 231)

시선은 물론, 냄새, 접촉, 맛 등, 콜레트보다 더 감각
적인 작가는 없다.

콜레트와 함께하는 여름

19

영화계로

콜레트는 영화라는 제7의 예술에 호기심을 느낀 최초의 프랑스 작가 중 한 사람, 혹은 최초의 프랑스 작가였다. 이 같은 그녀의 때 이른 호기심은 무성 영화 시절이던 당시의 영화와 팬터마임 간의 유사성으로 설명된다. 1907년부터 조르주 와그와 콜레트는 레옹 고몽과 관계를 맺고 그에게 여러 가지 기획을 제안하는데, 어떤 결실을 본 것 같지는 않으나 이는 그들의 통찰력을 엿보게 해준다.

콜레트는 1912년 바타클랑의 버라이어티 쇼 〈그것은 우리를 취하게 해〉에 출연하며 이를 계기로 뮈지도라와 친교를 맺는다. 곧 루이 퍼이야드 감독이 총애하는 여배우가 되는 뮈지도라는 1914년에 10편의 시리즈로 제작된 영화 〈흡혈귀들〉에 이르마 베프 역으로 출연하여 '요부妖婦'의 원형이 되며, 1916년에는 12편의 에피소드로 제작된 〈송사Judex〉에도 출연한다.

콜레트가 영화에 관해 쓴 초기 글들은 1914년 봄부터 〈르 마탱〉에 발표된다. 그 글들에서 그녀는 특히 배우들의 연기에 각별한 주의를 기울인다. 1916년에는 세실 B. 드밀의 영화 〈속임수〉(프랑스어판 제목은 '독직瀆職')에 대해 쓴 글을 〈엑셀시오르〉에 싣는다. 무성 영화 시절의 유명 일본 배우 세수에 하야카와가 출연하여, 파리에서 대성공을 거둔 영화다. 콜레트는 영화의 새로움을 인지하고, 아직 미국 영화가 유럽의 파테[12] 혹은 고몽[13]보다 전혀 앞서 있지 않던 시기에, 대서양 저편, "저쪽 세계에서 이루어진 영화의 진보"를 특기한 유일한 사람이었다. 콜레트는 "특별한 몸짓, 스크린에서 걷고 스크린을 위해 춤을 추는 비결 등, 그 모든 것이 이제 곧 젊은 학생들 수업에 꼭 필요해질 것"으로 내다봤다.(CC, 37)

---

12 프랑스의 영화 제작·배급사 중 하나로 1896년에 창립되었다.(一옮긴이)
13 프랑스의 유명 영화 제작사로 레옹 고몽(Léon Gaumont)이 1895년에 설립했다.(一옮긴이)

나는 그들에게 이 아시아 배우를 첫 모델로 제시한다. 그의 강력한 부동자세는 모든 것을 말할 줄 안다. 우리의 영화인 지망생들은 그의 얼굴이 침묵할 때, 어떻게 그의 손이 앞서 시작한 그 생각을 계속 이어나가는지 보러 가길 바란다. 그의 눈썹 움직임이 어떻게 위협과 경멸을 담아내는지, 그리고 상처를 입었을 때, 그의 생명이 피와 함께 유출되는 것을 그가 어떻게 연기하는지 배우길 바란다. 조용히, 발작적 찡그림 없이, 오로지 부처 같은 마스크의 점진적 석화石化와 법열에 빠진 듯한 시선의 흐려짐에 의해서 말이다.(CC, 37~38)

콜레트는 주브넬의 도움으로, 1916년 1월 예술학교 Conservatoire에 와그를 위한 팬터마임 클래스를 하나 마련했다.

일이 빠른 속도로 진척된다. 1916년에 《클로딘》 연작 첫 두 권에서 시나리오가 하나 만들어지고, 소설 《천진난만한 탕녀》를 영화화한 〈민Minne〉이 뮈지도라 주연에 자크 드 바롱셀리 각색으로 11월에 촬영된다. 뒤이어 콜레트는 1917년에 로마로 가는데, 거기서 《방랑하는 여인》의 첫 버전이 역시 뮈지도라 주연으로 제

작된다. 당시의 일을 그녀는, "신문 르포에 영화 일까지
얽혀—영화 일이란 어느 이탈리아 회사가 내게서 영화
시나리오를 한 편 산 것을 말한다—나는 로마에서 4개
월을 지내는 행운을 누렸다"라고 《플로라와 포모나》에
서 회상하게 된다.(IV, 540) 촬영은 4월과 5월, 두 달에
걸쳐 이루어졌고, 영화는 1918년 3월에 나왔다. 불행히
도 우리는 콜레트의 소설을 영화화한 이 초기 작품들
을 보존하지 못했지만, 그녀가 그리 열광했던 것 같지
는 않다. 그녀는 마그리트 모레노에게, "나로서는 전혀
불만스럽지는 않지만,—과연 내 생각을 잘 이해시켰을
까? 어떻든 모두 최선을 다하고 있고, 아무도 불평하지
는 않아. (…) 찍고 또 찍을 뿐"이라고 쓴다.(PB, 230)

콜레트는 1917년에 두 영화 잡지 〈르 필름〉과 〈필마〉
에 협력한다. 예전에 《뮤직홀의 이면》을 탐사했듯이, 이
들 잡지에 〈영화의 이면〉 같은 글을 게재하여, 로마에
서의 촬영 현장이라든가, 대형 유리창에 뒤덮인 숨 막
히는 스튜디오의 열기, 스타 배우의 시간 사용, 작은 배
역들, 단역들 등에 대해 이야기한다.

두 여자 영화배우가 나누는 대화 조각이 내 귀에 들려온다.

"연극만 못해, 진이 다 빠져"하고 한 여자가 말한다.

"그럴 수 있지"라고 다른 여자가 대답한다. "다만, 영화로는
자기를 볼 수 있잖아…."(PP, 294)

1918년에 콜레트는 〈엑셀시오르〉에 〈시나리오 지
망생을 위한 작은 교본〉을 발표했다. 팜 파탈, 르 죈 프
르미에[14]등, 그 방식이나 기법 면에서 이미 상업적이고
'센세이셔널한' 영화에 대한 적절한 풍자글이다. 롤랑
바르트보다 훨씬 앞서서, 콜레트는 시나리오 작가로서
는 물론 비평가로서, 영화의 겉과 속, 그 아래까지, 영
화의 모든 측면, 영화의 "작은 신화"를 경험한다.

팜 파탈은 첫째, 거의 늘 목과 어깨와 가슴을 드러내고, 둘째,
종종 프라바즈 주사기나 에테르 플라스크로 무장하며, 셋째,
자신의 뱀 모양 깃을 관객을 향해 빙글빙글 돌리고, 넷째, 좀
더 드물지만, 먼저 크게 뜬 두 눈을 우리에게 보여주고는 부

---

14 사랑에 빠진 젊은이 역을 맡는 배우.(—옮긴이)

드러운 눈썹으로 그것들을 천천히 가리며, 점차 흐려지는 '명암fondu'의 안개 속으로 모습을 감추기 전, 스크린에서 할 수 있는 가장 대담한 몸짓을 감행한다···. 즉 자신의 아랫입술을 천천히, 비난받을 만한 방식으로, 지그시 깨문다.(《밝은 방》, 1921, II, 942)

1916년~1918년은 콜레트가 영화계의 전위에 자리 잡고 있던 시기다. 그 후 그녀는 자신이 말하듯 "돈을 좀 더 벌어보려고", 1932년에 독일 영화 한 편, 1933년에 미국 영화 한 편에 넣는 자막을 맡았다.(LHP, 149, 159) 또한 마크 알레그르의 영화에 대사 작가로 참여하기도 했고(〈부인들의 호수〉, 1933년, 빅키 바움의 소설 원작), 《뮤직홀의 이면》을 원작으로 하여, 막스 오퓔이 감독하고 시몬 베리오가 주연을 맡은 영화 〈신성〉의 시나리오를 맡기도 했으나 흥행에 성공하지는 못했다.

콜레트의 소설 여러 편이 영화로 각색되었다. 1931년에 솔랑주 뷔시 감독이 그녀의 딸 콜레트 드 주브넬을 조감독으로 써서 만든 두 번째 〈방랑하는 여인〉이 있지만, 그녀의 마음에 들었던 것 같지는 않고,(PB, 302,

콜레트와 함께하는 여름

319) 1948년과 1950년 사이에는 〈셰리〉, 〈지지〉, 〈민〉
이 영화로 만들어졌다. 하지만 클로드 오탕-라라 감독
이 1953년에 에드위지 푸이에르와 피에르 미셸 벡 주
연으로 만든 〈청맥〉을 어찌 잊을 수 있겠는가. 죽기 직
전에 만들어진 이 영화의 첫 상연에 콜레트는 참석하
지 못하고 메시지만 보냈다. 빈센트 미넬리 감독이 루
이 주르당, 레슬리 카론, 모리스 슈발리에 주연으로
1958년에 만든 영화 〈지지〉는 콜레트를 할리우드에 진
출시킨 잊어서는 안 될 영화다. 〈청맥〉과 〈지지〉는 놓
쳐서는 안 될 영화들이다!

20

페미니스트?

신체적으로나, 성생활 면에서나, 글쓰기에서나 콜레트만큼 자유로웠던 여성은 거의 찾아볼 수 없다. 그녀는 자신의 독립을 보장받기 위해 온갖 직업을 가졌다. 하지만 《방랑하는 여인》에서, 작가의 대변인 격인 르네 네레는 한 남자에게 굴종하여 그의 시중을 드는 순간, 이렇게 외친다. "나는 여자였고, 나는 다시 여자가 된다, 그것을 괴로워하기 위해서, 그것을 누리기 위해서…."(I, 1184)

당시, 콜레트는 그녀가 페미니스트인지 묻는 한 기자에게 이렇게 대답한다. "아! 아니에요! 나는 참정권을 주장하는 여자들을 싫어해요. 프랑스에서 어떤 여자들이 그런 여자들을 따라 하려고 한다면, 사람들이 그들에게 그런 생활 태도가 프랑스에서는 안 통한다는 걸 깨닫게 해주었으면 해요. 참정권을 주장하는 여자들에게 어울리는 게 뭔지 아세요? 채찍과 규방閨房이죠…."(모리스 드코브라, 〈파리-테아트르〉, 1910년 1월 22일자, 1910년: II, X)

1927년, 발터 벤야민은 베를린 문예지 〈디 리테라리셰 벨트〉가 실시한 앙케트를 위해, 그녀에게 "여자도 정치에 참여해야 할까요?"라고 묻는다. 콜레트는 반대 의사를 표하는데, 그 이유가 그를 놀라게 한다. 그녀는 이렇게 말한다. 자신이 아는 여자들 다수가 "어떤 위원회나 임원회에서 자신의 직분을 남자 못지않게 잘할 수 있을 거예요. 다만 문제는 그녀들이 (…) 신경질을 부리거나, 화를 버럭 내거나, 예측 불가능한 태도를 보이는 날이 한 달에 이삼일은 된다는 거예요. 그런 날에도 공공 업무는 계속 진행되는데 말이에요."(《헤르네》, 205) 콜레트가 여자친구들에게 보낸 편지들에서는 종종 '폴린 Pauline'이란 용어가 거론되는데, 이는 그 부인들이 자신들의 정기적인 월경에 붙이는 별칭이다.

정치적 주변머리가 없는 콜레트는 드레퓌스 반대파 국수주의자와 결혼했다가 헤어진 후 드레퓌스파 공화주의자와 결혼했다. 그녀는 생이 끝나갈 무렵, "여자가 마흔다섯 살이 되도록 정치에 재미를 붙이지 못했다면, 그 후에 그런 취미를 붙이게 될 가능성은 거의 없다"라고 털어놓는다.(《사실대로》, IV, 932)

그녀의 어떤 행동들은 보수주의적인 것 같다. 윌리와 주브넬에게 배신당한 후, 그녀는 자신의 경쟁자였던 여자들 거의 모두와 친구가 된다. 결혼 직후, 익명의 투서로 알게 되어 찾아간 집에서 윌리와 함께 있는 것을 보게 된 로트 캥슬러와의 관계가 그랬고, 《포도밭의 덩굴손》에 실은 자유의 외침과도 같은 글 〈토비-쉬앙이 말한다〉를 헌정한 맥 빌라르와의 관계도 마찬가지다. 또한 그 후, 제1차 세계대전 끝 무렵에 주브넬의 정부였던 양재사 제르멘 파타와는, 그녀가 헌사에서 "나의 아이"라고 부를 만큼 아주 친한 친구 사이가 된다.

콜레트는 아예 《두 번째 여자》(1929)라는 소설을 한 편 써서, 어느 성공한 극작가의 아내와 정부를 하나로 결합하는 역설적 연대 문제를 다룬다. 그녀의 소설에 등장하는 모든 남성 등장인물이 그렇듯, 이 극작가도 마음의 갈피를 잡지 못하는, 늘 달아나는 남자다. 자기 남편들의 정부들을 친구로 만드는 것, 이는 자신의 우월성을 주장하는 하나의 방식, 현대 커플을 친구 커플로 규정하는 하나의 방식일까? 그렇지 않으면, 벵자맹 크레미외 판사가 이 소설에 대해 말하듯, "규방으로의 복귀"를 받아들이고 "보수주의자"처럼 보이려는 것일까?(II, 1425)

콜레트는《족쇄》(1913)에서, 좀 더 현실적인 설명을 내놓았다. "(…) 여자가 보는 다른 여자의 슬픔 속에는, 흔히 사람들이 예감이라고 부르는 어떤 광경이 있다. 대개 그것은 이기적이고 충격적인 두려움을 낳기에 알맞은, 비통한 광경이다. 여자는 다른 여성이 겪는 고통에 거의 늘 자기 자신을 비춰본다. 아마 그녀는 굶주린 술꾼이 널브러진 취한醉漢을 볼 때 대개 그러듯, 자신의 예감을 이렇게 말할 것이다. '나도 저런 꼴로 쉬게 될 테지….'"(II, 350)

콜레트는 페미니스트인가? 그녀의 소설에 등장하는 남자들이 모두 약자이고, 여자들은《셰리》의 레아라든가《셰리의 종말》의 에드메처럼 거의 모두 자신들의 힘을 보여주는 여자들이라는 의미에서는 그렇다고 할 수 있을 것이다. 콜레트는 1912년, 남편을 살해하고 법정에 선 기요탱 부인과 그녀의 정부 이야기를 〈르 마탱〉에서 다룰 때, "검은 피부에 번쩍이는 금빛 머리쓰개를 쓴", "여성적 용기의 화신" 같은 이 부인에 대한 감탄을 감추지 못하고서, 심중의 외침을 이렇게 날린다. "여자란 얼마나 단단한 존재인가!"(II, 608)

콜레트가 제1차 세계대전 동안 여성 해방에 특히 예민했던 건 그래서다. 그녀는 《긴 시간들》에 재수록된 여러 기사에서, 여성들의 새로운 활동과 새로운 언어 얘기를 길게 늘어놓는다. 여성의 '군사화'가 휴가 중인 남자들을 짜증 나게 할 정도로 말이다.("경향들", II, 507)

1918년에 콜레트는 한 남성의 입을 빌려, 여성이 그의 오페라 모자마저 가로챈 것은 아무래도 지나친 것 같다는 견해를 피력한다.

나는 전투병이 버리고 간 비어있는 모든 민간 일자리를 여성들이 차지한 데 대해 군말하지 않았고 박수갈채까지 보냈다. 당신들은 우리에게서 개찰구와 운전대는 물론, 심지어는 곡괭이와 채찍, 수금 가방, 검인 펀치기까지 빼앗아갔다. 그건

콜레트와 함께하는 여름

좋다. 당신들은 공장, 공작 기계, 조폐 프레스를 가져갔다. 그
건 더더욱 좋다. 하지만 당신들이 우리의 "예식용 모자"를 가
로채 간 날, 우리는 당신들을 경쟁자로 느끼고, 이렇게 외치
지 않을 수 없다. "이제 남성의 패권은 끝장났다!…"(《엑셀시오
르》, 1918년 1월 1일; 〈카이에 콜레트〉, 18호, 1996년, 83)

이는 콜레트의 수작 중 하나인 《셰리의 종말》의 주
제가 된다. 전쟁에서 돌아온 셰리는 아내인 에드메나,
어머니 플룩스 부인 등, 여성들이 권력을 쥔 것을 깨닫
는다.

"한데, 수영장 시멘트에 물 새는 데가 있어서… 손을 봐야 할
텐데…"라고 그가 말한다.
"고쳤어. 땜질하는 사람이 내가 맡은 부상병 중 한 명인 쉬슈
의 사촌이야. 연락하니 바로 와주더라고."
"잘 됐군."
그는 자리를 뜨려다 다시 돌아보며 말했다.
"그럼, 어제 아침에 얘기했던 그 농가 말인데, 팔아야 하나,
팔지 말아야 하나? 내일 아침에 내가 도이체 신부님께 한마

디 해둘까?"

에드메는 천진한 아가씨처럼 웃으며 대답했다.

"내가 당신 결정을 기다린 줄 알겠네! 오늘 아침 당신 어머니께서 아주 기발한 아이디어를 내놓았어…."

그는 접힌 문 아래에 허여멀겋게 서서, 아내의 얼굴을 유심히 쳐다보았다.

"그럼…"하고 그가 마침내 입을 열었다. "나는? 난 그저 가만히 있으면 되는 거야?"

에드메는 머리를 요망스럽게 흔들며 말했다.

"여보, 당신이 준 권리 위임증서는 아직 유효해. '사고팔 권리, 내 명의의 임대차 계약…' 등등."(III, 180~181)

여성들에게 소유권을 빼앗긴 것이 그의 자살과 무관하지는 않을 것이다. 하지만 콜레트가 힘차게 추구했던 여성 해방이 늘 이런 귀결에 이르는 것은 아니며, 콜레트는 비록 참정권을 주장한 여성은 아니었지만, 시대에 매우 앞서 있었다.

콜레트와 함께하는 여름

21

젠더

젠더나 트랜스젠더 문제는 오늘날에는 우리의 일상
이 되었다. 이제 그것들은 더는 1900년대나 1930년대
처럼 우리를 놀라게 하지 않는다. 당시 콜레트는 가면
을 쓰지 않고 그런 문제에 접근했고, 동성애와 변태성
변장 취미에 대해 솔직하게 말했다.

콜레트는《클로딘의 파리 생활》을 통해, 동성애자를
소설에 등장시키는 최초의 작가 중 한 명이 된다. 르노
의 아들이자, 클로딘의 남편인 젊은 동성애자 마르셀
이 바로 그다. 아직은 캐리커처 수준의 묘사다. 콜레트
는 나중에《나의 습작 시절》에서, 자기보다 나이가 어
리고 배가 덜 "불룩한" 젊은이에 대한 자신의 욕망을
윌리에게 감추고 있었다고 말하며 자신을 정당화한다.
"공적인 고백을 스스로 박탈해버려서는 안 되었기에,

나는 《클로딘의 파리 생활》에서 젊은 동성애자 등장인물을 창조했다. 나로선 품위를 떨어트리는 방식으로만 그 젊은이의 용모를 칭찬할 수 있었고, 어떤 위험, 어떤 매력을, 에둘러서 얘기할 수 있었다."(III, 1016)

나중에 콜레트는 《순수와 비순수》에서, 윌리의 작업실 조수 중 한 명인 마르셀 불레스탱이 그녀에게 소개해준, '악취미'가 있는 젊은 친구들 틈에 있을 때 맛보았던 즐거움에 관해 이야기한다.

젊은 시절 한때 나는 윌리 씨의 흑인 비서 중 한 명 덕분에, 오랫동안 다양한 동성애자들을 자주 만났는데 (…), 좋은 집안 출신에, 쾌활하고 장난기 많은 그 어린 청년의 성 풍속은 모호하지도 않았다. (…) 그는 나를 신뢰하여 자기 친구들에게 데려갔다. 그들 틈에서 나는 나의 진짜 나이에 맞게 다시 젊어졌다. 무해無害한 그 많은 젊은이 덕분에, 나는 마음 편히 웃었다. 그때 나는 옷을 잘 입는 남자는 옷을 어떻게 입는지 알게 되었다. 그들 대부분은 영국인이었고, 세련된 옷차림에 엄격했기 때문이다. 자신의 살갗 위에 은밀하게 터키옥 목걸이를 차고 다니던 그 소년은 넥타이도, 엉뚱한 행커치프 같은

것도 자신에게 허용치 않았다.(III, 629)

콜레트는 프루스트가 소돔이라는 이름으로 서술해
야만 했던 그 파리 속으로 파고 들어가, 그보다 먼저,
《클로딘의 파리 생활》에서, "앙 에트르en être"[15]라는 표
현을 사용한다.(I, 301, 305) 프루스트가 1921년에 《소돔
과 고모라1》을 출간했을 때, 그녀는 그의 고모라 앞에
서는 아니지만, 적어도 그의 소돔 앞에서는 항복하고,
그에게 감사의 뜻을 표했다.

지금껏 *이 세상* 누구도 이런 글을 쓰지는 않았어요, 아무도!
그 점에 대해 나는 당신께 자랑스러운 찬사를 바칩니다. 예전
에 제가 동성애에 관해서, 〈메르퀴르〉에 뭔가 쓰고 싶었던 것
이 바로, 무능하고 게을러 밖으로 꺼내지 못한 채 속에 간직하
고만 있던 그것이기에 말입니다! (⋯) 당신의 글 이후 누가 감
히, 샤를뤼[16]의 접근에 눈을 뜨는, 쥐피앙[17]의 인시류鱗翅類적 ·

---

15 일반적으로는 '어떤 집단에 속한다'를 뜻하나, 여기서는 '동성애 공동체에 속
함'을 가리키는 표현으로 쓰였다.(ㅡ옮긴이)
16 프루스트의 소설 《잃어버린 시간을 찾아서》에 나오는 남색가.(ㅡ옮긴이)

식물적·조류학적 각성 문제를 다룰 수 있을까요?(LSP, 42~43)

하지만 그녀는, 나중에 '순수와 비순수'로 제목을 고
친 《이 기쁨들…》에서, 그런 작업에 착수했다. 1931년
12월부터 우파 주간지 〈그랭구아르〉에 게재되기 시작
한 이 연재소설은 그러나 4회까지 연재된 후 중단되고
말았다. 주제 때문이 아니라—당시 〈그랭구아르〉는 그
런 주제를 경멸하지 않았다—, 콜레트가 거기에서 미
시를 '후작'이라는 명백한 호칭으로 그렸기 때문임이
분명하다.

《순수와 비순수》에서 콜레트가 가장 독창적인 면모
를 보이는 점은 역시 젠더 문제다. 미시, 즉 그녀의 정
부는 의문의 여지가 없었다. 아마 그녀는 남자가 되고
싶었을 테지만, 그럴 수 없으리란 것을 알고 있었다. 예
컨대 다음과 같은 극복할 수 없는 세부 사실을 강조하
는 것으로 미루어볼 때 그렇다. "남자 역을 하는 여자
들이 가장 서투르게 모방하는 것, 그것은 남자의 걸음

---

17 프루스트의 소설 《잃어버린 시간을 찾아서》에 나오는 조끼 제작자.(一옮긴이)

걸이다. '여자들은 무릎을 둥글게 구부리고, 엉덩이를 충분히 조이지 않아.'"(III, 594)

그렇다면 콜레트는? 그녀는 여자들의 남자, 돈 후안 같은 타입인 다미앙과 나눈 대화를 이렇게 전한다. 그녀가 그에게 같이 여행을 가자고 제안했을 때, 그는 "나는 여자들하고만 여행하는 것을 좋아해요"라고 대답하며, 이렇게 강조한다. "당신이 여자인가요? 그렇길 바라시겠지만…."(III, 586) 다미앙은 그녀에게 상처를 준다. 왜냐하면, "당시 나는 내심 정말 여자가 되고 싶었기" 때문이라고 그녀는 말한다. 여기서 중요한 건 "외적인 세부 사실들, 의상"이 아니라, 그녀가 "참된 정신적 양성 겸유"라고 일컫는 것이다. 《포도밭의 덩굴손》에서 고백하듯이, 어렸을 때 그녀는 "지적인 남성에다, 사랑에 빠진 여성을 겸유한 이상한 영혼"을 느꼈고,(〈겨울〉, I, 1032) 오랫동안 두 젠더 사이에서 망설였다. "나 자신이 그 위치를 특정할 수 없는 어떤 지점에서는 내가 남성"임을 다미앙이 알고 있었다고 그녀는 말한다.(III, 586) 《셰리》의 레아와 마찬가지로, 콜레트는 나중에 그녀가 《개밥바라기》에서 말하는, 그녀 내면의 이

"약간의 남성성"을 수용하기도 하고 수용하지 않기도 한다.(IV, 876)

《순수와 비순수》에서는 다른 무엇보다 젠더에 관한 성찰이 대담하게 나타난다. 예컨대 콜레트가 그녀의 여자친구 마그리트 모레노와 함께, "어떤 여자들은 어떤 남자들에게 동성애의 위험"을 나타낸다고 인정할 때가 그렇다(III, 587). 이에 비하면 변태성 변장은 그리 해롭지 않은 전복 행위일 뿐이다. "사내아이 시늉을 할 때 내가 얼마나 소심했으며, 희생한 나의 머리카락 아래에서 내가 얼마나 여자였던가!⋯."(III, 590) 사실 "타고난 성향이 (⋯) 잘생긴 젊은 경찰들에게로 향하는", 그리고 그런 자신을 이렇게 설명하는 친구보다 더 전복적인 존재는 없다. "(⋯) 나는 성애에 대한 나의 개인적 관념을 만족시킴과 동시에, 그 여상주女像柱들 가운데 하나가 내게 굴복할 때, 사회의 기반 하나를 무너뜨리는 아나키스트의 즐거움─착각이지만─을 맛본다⋯."(IV, 790)

동성애와 변태성 변장은 이 같은 미확정 젠더 동요에 비하면 하찮은 위반들이다. "성이 불확실한 존재가

콜레트와 함께하는 여름

발산하는 유혹은 강력하다. (…) 베일 쓴 불안한 존재, 한 번도 자신을 완전히 노출한 적 없는 양성애자는 방황하고, 놀라고, 아주 낮은 목소리로 애걸한다….ᅠ"(III, 596) 사실 중성은 불가능하기 때문이다. "우리의 꿈이 우리에게 약속하는, 우리 내면의 완벽한 피조물, 루브르 궁전에서 잠자는 아프로디테와 헤르메스의 우아한 아들-딸이여, 너는 어디에 있느냐? 너는 현실 어디에도 없구나."(IV, 807) 이 같은 이상형 앞에서, "복장의 뒤죽박죽"은 그저 "두 성이 뒤섞인" 비극에 불과하다.

다행히도 노쇠가 이 모든 모호성을 해결해준다.《클로딘의 집》에서 콜레트는 통속적인 지혜를 선보이며, "일정 나이가 지나면, 한 성의 여러 가지 특성을 보존하기가 대단히 어렵다"라고 말한다.(II, 1052)

22

출산

콜레트는 오랫동안 출산을 두려워했다. 《클로딘의 파리 생활》에서, 젊은 여인 클로딘은 뤽상부르 공원을 산책하며 말한다. "아이들, 또 아이들이네! 언젠가 나도 저 많은 아이를 갖게 될까? 대체 어떤 신사가 내게, 그와 그런 일을 저지르고 싶은 마음을 불러일으킬까? 세상에나!"(I, 236) 당시 콜레트는 윌리와 결혼한 상태였고, 둘은 책만 출산한 관계였다.

《클로딘의 집》에서, 시도는 콜레트에게 출생 얘기를 들려준다. "미네-셰리, 내가 막둥이인 너를 낳을 때 사흘 낮 이틀 밤 동안 고통을 겪었어. 너를 가진 동안은 탑처럼 뚱뚱했지. 사흘은 긴 것 같아…. 동물들은 우리를 부끄럽게 해, 즐겁게 분만할 줄 모르는 우리 같은 여자들을 말이야." 이 얘기를 듣고 어린 딸이 까무러친

콜레트와 함께하는 여름

다. 어머니가 딸을 안심시키려 든다. "그리 끔찍하지는 않단다, 그래, 아기가 태어나는 것은 절대 그리 끔찍하지 않아. 실제로는 훨씬 더 멋지지. 너도 알게 되겠지만, 그때의 고통은 금방 잊혀⋯."(II, 991~992) 콜레트가 그걸 알게 되기까지는 오랜 세월이 걸린다.

《방랑하는 여인》에서, 부유한 막심이 결혼과 아이 얘기를 꺼내자, 르네는 달아난다.

예쁜 아기⋯ 충실한 남편⋯ 사실 그런 게 웃을 일은 아니지 않은가!

내가 왜 불쾌한 폭소를 터뜨렸는지는 아직도 잘 모르겠다⋯.

예쁜 아기⋯ 솔직히 말하면 나는 그런 걸 한 번도 생각해 본 적이 없다. 그럴 겨를이 없었다. 결혼한 후, 처음에는 타이앙디에 대한 사랑에, 나중에는 그의 바람기로 인한 질투에 온통 정신이 팔려있었고, 게다가 그는 희생이 따르는 성가신 자녀 문제 따윈 신경도 쓰지 않았다⋯.

어머니가 될 가능성은 고려하지 않은 채 33년을 보냈다! 나는 괴물인가?⋯ 예쁜 아기⋯ 어머니를 닮아, 잿빛 두 눈동자⋯ 섬세한 코⋯ 귀여운 여우 같은 얼굴을 가졌고⋯ 막심을 닮아,

커다란 두 손, 넓은 두 어깨를 가진 아기… 어유, 안 되겠어!
아무리 애를 써도,—어쩌면 내가 이미 가졌을, 아마 앞으로
내가 갖게 될 아기, 내 눈에는 그 아기가 *보이지* 않아, 나는 녀
석을 사랑하지 않아….(I, 1179)

하지만 콜레트는 스무 살 때부터 윌리의 아들, 자크
고티에 빌라르의 대리모 역할을 한다. 나중에는 앙리
드 주브넬의 아들들을 떠맡기도 한다. 시도는 그녀에
게 "넌 아이도 잘 낳지 못하지!"라고 말하곤 했다.(MV,
135) 시도가 죽기 전에, 콜레트의 조카딸은 인형에게
옷도 잘 못 입히는 서투른 숙모 앞에서, 이런 말을 뱉
었다. "오! 주여!"하고 녀석이 한숨을 쉬며 말했다. "사
람들은 숙모가 그 나이 되도록 아이도 잘 낳지 못한다
고 생각해!"(CJ, 50)

그런 그녀가 시도가 죽은 지 몇 주 뒤에 딸을 임신한
건 어머니의 말이 엉터리였음을 말하고 싶어서였을까?
아니면 어떤 이들이 주장하듯, 그녀가 임신한 뒤에야
결혼한 그 바람기 많은 주브넬을 붙잡기 위해서였을
까? 그녀가 《개밥바라기》에 쓴 다음과 같은 글을 보면

그런 것 같지는 않다. "젊은 시절 내가 바느질하는 모습을 볼 때면 시도는 점쟁이처럼 이마를 끄덕이며, '그래봤자 아무래도 넌 그저 바느질하는 남자아이 같아'라고 말하곤 했다. 그녀가 지금의 나를 본다면, '아무래도 넌 그저 아이를 낳은 작가일 뿐이야'라고 말하지 않을까. 그녀라면, 아마 내 모성의 우발적 성격을 모르지는 않았을 것이다."(IV, 876)

그리하여 콜레트는 마흔 살에 '늦둥이'를 출산한다. 한 친구는 그녀에게, "넌 꼭 남자가 임신한 듯이 굴어. 임신은 그것보다는 좀 더 즐거워야지"라고 비난하듯 말한 모양이다.(IV, 871) 임신 5, 6개월일 때도 그녀는 제네바에서 팬터마임을 공연했다. 그녀는 자신이 "마치 훔친 달걀을 질질 끌며 가는 들쥐 꼴"이었다고 하나, 자신의 임신을 "아무것도 소홀히 하지 않는" "오랜 축제"로 형용하기도 한다.(IV, 873) 그녀는 신문 연재소설 《족쇄》 집필에 뛰어들었지만, "아기가 제 먼저 태어나겠다는 의사를 나타내면, 나는 만년필 뚜껑을 조여 달았다."(IV, 874)

어린 딸 콜레트는 1913년 7월에 태어났다. 곧바로

콜레트는 "엄마가 된 느낌"을 30시간의 작업 끝에 마무리하여 언론에 넘겼다. 그녀는 불안해하고 슬퍼한다. "나는 그저 걱정되고 두려울 뿐인데, 벌써 내가 *엄마의* 기쁨에, 정상적인, 탐욕스러운 기쁨에 잠겨야 한단 말인가….".("출산", 〈페미나〉, 1914년 1월 15일: PP, 27) 그녀는 "사람들이 너나없이 늘 말하는 그 격정, 소위 그 '거대한 격정'"을 느끼지 않았으며, "나는 그런 걸 좋아하는가?" 하고 자문한다.(PP, 28)

오늘날의 민법이 더는 허용치 않는 이상한 연쇄 충돌로 인해, 어린 소녀는 어머니의 성, 더군다나 그녀의 필명이 되어버린 성을 이름으로 물려받았다. 마치 소설과의 경쟁이 계속된다는 듯이 말이다. 훗날 콜레트는 《개밥바라기》에서, "책과 출산의 경쟁에서, 열세인 쪽은 다행히도 소설"이라고 쓴다.(IV, 876) 그녀는 출산 후에 《족쇄》를 완성했고, 망친 그 결말이 분명 출산에 희생된 결과라고 판단했다. "나는 중단과 재개 사이에, 출산의 힘든 희열을 맛보는 짓을 범했다."

어린 콜레트는 즉시 유모에게 맡겨졌고, 전쟁 기간에는 어머니에게서 멀리 떨어져, 영국 간호사와 주브

넬의 어머니인 할머니 슬하에서 자랐다. 콜레트는 딸
을 그녀 자신의 아버지, 즉 대장이 자신에게 붙인 별명
인 "벨-가주"라는 애칭으로 불렀고, "어린 시디"라 부
르기도 했다. 당시에는 많은 아이가 부모 없이 자랐다.
기숙사가 가정부를 대신했다. 콜레트는 딸과 떨어져
지내면서 가끔가다가 한 번씩 딸과 기쁘게 재회하는
어머니로 살았다. 그녀는 1921년 9월 마그리트 모레노
에게, "(…) 나는 지금 딸과 함께 있어. 녀석에게 완전히
홀려서 말이야"라고 쓴다.

녀석은 어린아이의 모범 같아. 녀석의 몸은 아마 아주 힘든
것도 해낼 거야. 엉덩이는 탄탄하고, 팔은 살이 쪄 토실토실
하고, 맨발 끝으로 일어설 때는 하트 모양의 예쁜 근육이 두
장딴지에서 튀어나와. 뱃사람들이 동아줄에 매달려 기어오
를 때 장딴지에서 그런 근육이 튀어나오듯이 말이야. 생김새
는 시디의 눈썹에, 눈동자는 시디보다 더 짙은 초록색이고,
코는 시디보다 더 벌어졌고, 거기에 콜레트의 입을 붙이면 되
는데, 전체적으로 꽤 그럴싸하고, 아주 재바르고, 대단히 악
마적이야. 사투리를 쓰는 것도 하나의 매력이지.(LMM, 56)

콜레트는 모성보다는 문학을 택했다. "내가 가진 약간의 남성성은 작가에게 노출된 위험, 말하자면 행복하고 다정한 부모가 되어 보잘것없는 저자로 돌아가거나", "자녀라거나 식물 등, 다양한 형태의 양육 예찬"에 빠져 바보가 되어버리거나 하는 등의 "위험으로부터 나를 구해주었다." 그녀를 구한 것은 바로 그녀의 "남자 같은 임신"이었다. "아직 젊은 여성 속에 깃든 마흔 살의 늙은 소년"이 작가가 "건재하도록 보살폈다."(IV, 876) 하지만 그녀와 딸의 관계는 어려움이 그칠 새가 없었다.

23

형제자매

"아이들이 어디에 있지?"

둘은 이제 쉬고 있다. 다른 두 아이는 하루하루 늙어가고 있다. 삶이 끝난 후에도 누군가를 기다리는 장소가 있다면, 우리를 기다린 그녀는 살아있는 두 아이 때문에 지금도 떨고 있다. 우리 모두의 장녀에 대해서는, 적어도 이제는 그녀가 저녁마다 유리창의 어둠을 바라보며 불안해하는 일은 끝났다. "아! 저 여자아이가 행복하지 않은 게 느껴져…. 아! 아이가 괴로워하는 게 느껴져…."

장남에 대해서도, 그녀는 이제 더는 한밤중에 의사의 이륜마차가 눈 위로 굴러가는 소리도, 잿빛 암말의 발걸음 소리도 듣지 않는다. 하지만 나는 안다. 그녀가 보호자 노릇을 충분히 해주지 못했다고 자책하며, 남은 두 아이를 찾아, 투명 인간처럼 떠돌고 있다는 것을. "어디에 있지, 아이들이 어디에

있지?…."(《클로딘의 집》, II, 970~971)

　《클로딘의 집》 제1장은 이렇게 끝난다. 이 책은 1950
년대에 학교 선생님들이 우리에게 받아쓰기를 시키던
책이다. 그래서 우리는 이 책으로 되돌아가고 이 책을
사랑하는 데 시간이 좀 필요했다. 시도와 대장 외에도,
두 형제와 자매 역시 잊을 수 없는 존재들이다.《시도》
의 제3장은 '야생인들'이라는 제목으로 그들을 불멸의
존재로 만드는데, 그들은 사랑스럽다. 콜레트는《클로
딘》 연작을 쓴 부도덕한 저자요,《순수와 비순수》를 쓴
모럴리스트이기도 하지만 또한 가정의 작가, 형제자매
의 작가이기도 하다. "경쟁자 없는 장남" 아실 없이,(III,
534) 그의 엉뚱한 작은 오빠 레오 없이, "긴 머리 언니"
쥘리에트 없이 어찌 콜레트를 이해할 수 있을까? 그녀
가 1920년대 초에《클로딘의 집》을 쓸 때는 쥘리에트
와 아실이 이미 1908년과 1913년에 죽은 뒤다.

　형제자매는 콜레트의 상상 세계에서 대단히 중요했
다. 그녀의 소설에 등장하는 외동들이 형제자매가 없
다는 비극적 결핍으로 괴로워하는 것이 그 증거다.《세

　　　　　콜레트와 함께하는 여름

리》에서, 셰리와 에드메는 아버지 없이, 형제자매 없이, 어머니 외에 다른 혈족 없이 자랐다. 소설에서 두 사람 사이에 화합이 이루어지는 유일한 순간은 고아라는 그들의 공통 조건에 대한 감동적 확인에서 기인한다.

그는 나오지 않는 속내 이야기를 기다렸고 아내의 가녀린 두 어깨를, 동지처럼, 팔로 감싸 안으며 말했다.

"우리 말이야, 우린 뭔가 좀 고아들 같지 않아?"

"그래, 고아들 같아. 너무나 착하지!"

그녀는 그에게 몸을 붙였다. 홀에는 그들뿐이었다. (…) 에드메는 이 낯선 존재의 품에서 포근함과 보호받는 느낌과 자신감을 느꼈다. 그녀는 머리를 치켜들었다가 깜짝 놀라 비명을 질렀다. 그가 절망에 찬 멋진 얼굴을 샹들리에 쪽으로 젖힌채, 눈물방울들이 눈썹 사이에 걸려 반짝거리는 두 눈을 감았기 때문이었다.

"셰리, 셰리! 무슨 일이야?"

본의 아니게 그녀는 다시는 입에 담고 싶지 않았던, 너무 다정한 이 이름으로 그를 불렀다. 그는 멍한 표정으로 그 부름에 굴복하여 시선을 다시 그녀 쪽으로 돌렸다. (…)

"아! 아! 이 가여운… 이 가여운… 뭘 두려워하는 거야?"

그는 그녀에게 자신의 부드러운 두 눈, 눈물에 더욱 아름다워진, 고요한, 활짝 열린, 수수께끼 같은 두 눈을 넘겨주었다. 에드메가 그에게 아무 말 하지 말라고 간청하려 할 때 그가 말했다.

"우린 참 바보 같아!… 우리가 고아들 같다는 그 생각 말이야… 바보같이. 너무 사실이잖아…"(II, 769~770)

뇌일리에 있는 플룩스 부인의 저택에 울리는, 에드메를 절망시키는 "고아원의 종소리"는 《클로딘의 집》에 나오는 그것과 같은 종소리지만, 생-소뵈르에서는 그 소리가 형제들의 소란에 뒤섞인다. 《암고양이》에 등장하는 알랭과 카미유도 외동들이다. 알랭은 셰리처럼 아버지가 없지만, 그에게는 샤르트뢰 암고양이가 있으며, 이 고양이 곁에서 어린 시절로 되돌아간다.

시도는 스무 살 많은 외젠과 폴이라는 두 오빠 손에서 자랐다. 그녀의 자유로운 사상, 괴상한 성격, 그리고 그녀가 딸에게 물려준 부지런한 스타일은 그들 덕분이다. 마찬가지로 콜레트는 한 번도 어머니 곁을 떠나지 않았던 시골 의사 아실, 결혼하여 가장으로 산 이 이복 오빠와 절대 청각을 가진 사환이었던 레오에게서 사는 법을 배웠다.

> "야생인들… 야생인들이야… 그런 야생인들과 뭘 하지?"하고 그녀는 말하곤 했다. (…) 그녀는 자신의 이복형제들인 두 소년을 바라보면서, 그들이 잘생겼다고 생각했다. 특히, 진한 파란색 눈동자에 밤색 머리, 오직 우리와 몇몇 예쁜 여자들에게만 미소 짓는 붉은 입술을 가진 열일곱 살 난 장남이 그랬다. 하지만 우리 아버지들의 머리카락처럼, 잘못 잘린 머리카락이 푸른 눈동자까지 수직으로 내려오던 열세 살짜리 갈색 머리도 그리 나쁘지 않았다….
>
> 부모님처럼 소식하여, 군살 없이, 뼈가 앙상한, 가벼운 발을 가진 두 야생인, 고기보다 흑빵, 딱딱한 치즈, 샐러드, 날달걀, 파전이나 호박전 등을 더 좋아하는 이들. 검소하고 선량한—진짜 야생인들….(III, 533)

프랑스어를 20세기에 굴절시키고 몇 가지 신화를 창조한 또 한 명의 위대한 여성 작가 마그리트 뒤라스에게도 피에르와 폴이라는, 한 명은 강하고 한 명은 약한, 두 야생인 오빠가 있었다. 이는 우연의 일치일까? 두 사람의 유일한 접촉은 1942년 11월에 있었다. 당시 뒤라스는 콜레트의 표현에 따르면, "종이를 구하기 어려운 상황에서, 상황에 따라 책을 간행할지 말지를 결정하는 무슨 무슨 거시기 조합, 위원회", "거시기 위원 중 한 명"이었고, 그래서 그녀는 콜레트에게 연락하여 자신의 호의를 약속하며《군모》가 곧 출간될 수 있기를 바란다는 뜻을 전했다.(LPC, 122; IV, 1182~1183)

콜레트에게 형제자매가 얼마나 중요한지를 말해주는 마지막 지표는《셰리》나《암고양이》의 고아들과는 반대로,《투투니에》(1938년 작)의 네 자매를 결합하는 어떤 동물적 다정함, "외설스러우면서도 순수한, 긴밀한 동지애의 말할 수 없는 즐거움", "여자 쌍둥이들의 연대"다.(III, 937) 이 소설 혹은 '긴 단편'은 가정을 상징하는, "밑바닥이 빠진, 파괴할 수 없는, 영국산 넓은 소파인 '고향 집 투투니에'" 주위에 모여든 소리에 대한 글이다.(III, 1218)

콜레트와 함께하는 여름

24

팔랑스테르

　여자들만 사는 규방은 콜레트에게 매우 중대한 의미
가 있었다. 여자친구들과 주고받은 많은 편지가 증언
하듯, 그녀는 늘 여자들에 둘러싸여 지냈다.《클로딘의
학교생활》에는 껑다리 아나이스, 젖형제 클레르, 조베
르 자매, 마리 벨옴므, 어린 뤼스, 마드무아젤 에매 자
매 등이 있다.

　그 후에는 또 뮤직홀 무대 뒤의 걸 그룹이 있다.《방
랑하는 여인》의 르네 네레가 속한, 그리고 콜레트가
《뮤직홀의 이면》에서 그 세태를 그린 바 있는 여자들
집단, 다시 말해 착취당하며 서로 연대하는, 더러는 어
린애까지 데리고 사는 가난한 여자들이 있다.

　결국 바스티엔은 어머니도 애인도 없는 어린 무용수들의 가

난하지만 즐거운, 근면한 삶을 살고 있다. 아침 9시에 수업을 듣고 오후에 리허설을 하고 저녁에 공연해야 하는 그녀로서는 뭔가를 생각할 여유조차 없다. 그들의 가난한 팔랑스테르[18]는 절망이라는 걸 모른다. 거기에서는 고독이나 불면 같은 것을 경험할 새가 없기 때문이다.(II, 270)

'팔랑스테르'—콜레트의 펜과는 잘 어울리지 않는 이 말은 유토피아를 지향하는 사회주의자 샤를 푸리에에게서 유래한 것인데, 그러고 보면 여자들의 공동체만이 콜레트를 정치적으로 만든 것 같다. 훗날 그녀는 1937년의 단편(시대 배경은 1905년이다) 〈그리비슈〉에서 불법 낙태를 고발하고(〈벨라-비스타〉에 실린 다른 단편 하나는 시골의 근친상간에 대해 침묵하는 사회의 위선을 폭로한다), 임신 후 낙태 사고로 죽는 어린 무용수를 중심으로 뭉친 여자들의 단결을 그리기도 한다.

하지만 여성 간 야합野合의 절정, 또 하나의 신화, 그

---

18 프랑스 사회주의자 푸리에(1772~1837)가 주창한 사회주의적 공동생활체.(—옮긴이)

것은 여자친구 마그리트 모레노가 1948년에 사망했을 때 콜레트가 〈피가로〉에 실은(나중에 《파란 등대》에 재수록된) 추억담에 등장하는 장소, 그녀 자신이 "파리 16구에 있는 우리의 팔랑스테르"라고 부른 은신처다.(IV, 1034) 그것이 팔랑스테르였든, 테바이드[19]였든, 혹은 규방이었든, 어쨌든 1914년 가을, 전쟁 첫 몇 달간, 남자들이 사라진 파리에서 여자들끼리 꾸린 행복한 작은 공동체다. 《클로딘의 학교생활》이나, 아니Annie의 소설인 《감상적 은퇴》의 시기로 되돌아간 거라고 해야 할까. 아니는 (마치 셰리가 베르트랑 드 주브넬을 예고했듯이) 바로 1914년의 그 팔랑스테르에 초대된 선택받은 여자 중 한 명인 아니 드 펜을 예고하는 인물이다.

주브넬이 전선으로 떠난 사이, 네 명의 자유로운 여성(마치 《투투니에의 자매들》 같은)이 코르탕베르 가에 있는 주브넬의 오래된 목조 별장 주택으로 은신한다. 신문기자, 배우, 소설가 등의 직업을 가진 네 여성(이 세 직업을 다 가진 여성도 있다), 늘 스캔들을 몰고 다니는, 부르주

---

19 고행자들이 은신처로 삼은 고대 이집트의 사막 지역.(―옮긴이)

아 질서와 단절된 네 여성이다. 콜레트처럼 신문 기자 겸 소설가인 아니 드 펜은 좌파 신문 〈작품〉의 주필인 귀스타브 테리의 정부로, 남편과 아이들은 지방에 남겨둔 채 파리에서 살고 있다. 마그리트 모레노는 1894년이나 1895년부터, 즉 그녀가 카튈 망데의 정부였다가, 마르셀 슈웝의 아내가 된 시절부터 콜레트와 알고 지낸 인물이다. 명성 있는 배우인 그녀는 사라 베른하르트와 함께 코메디 프랑세즈에서 연기했고, 부에노스아이레스 국립 예술학교에서는 시인들이 선호하는 시 낭송가로 활동했으며, 그녀가 마지막으로 큰 배역을 맡아 공연한 작품은 지로두의 1945년 작 《샤이오의 광녀》다. 콜레트보다 열 살쯤 연하로 본명이 잔 로크인 뮈지도라는 콜레트가 1912년 바타클랑에서 알게 된 뮤직홀 배우로, 루이 푀이야드가 제작한 영화들의 팜 파탈로 막 스타의 반열에 올라섰다. 콜레트는 그녀에게 아마 열정이라 해도 무방할 강렬한 우정을 느꼈고, 두 사람은 1914년 8월, 전쟁이 선포되었을 때 로즈방 저택에 함께 있었다.(II, 477~478)

콜레트와 함께하는 여름

긴 전쟁의 길고 긴 여러 달 동안 우리 둘은 파리에 틀어박혀 이웃으로 살았다. 마그리트 모레노는 장-드-볼로뉴 가의 현대식 건물 1층에서 살았고, 나는 코르탕베르 가의 스위스식 목조 별장 주택에서 살았다. 아니 드 펜은 에랑 지방의 막다른 길 끄트머리, 작은 돌계단이 있는 시골집에서 살고 있었다. 뮈지도라는 최근에 데캉 가의 한 외딴 지역에 있는, 온수와 중앙난방, 그리고 "모든 것이 갖춰진" 욕조가 있는 단칸방, 구傷 파시 지구의 흔들거리는 우리 가구들을 부끄럽게 하는 깨끗한 스튜디오로 이사했다. 밤중에 하늘에 제플랭 비행선들이 떠다닐 때면, 뮈지도라는 코르탕베르 가의 작은 철제 침대에서 잠을 잤고, 낮에는 장을 보고 식사 준비를 했다. 나는 청소하고 빨래를 했다. 이 얼마나 멋진 여자들의 분대인가! 손으로 비누칠한 시트들의 물기를 빼기 위해서, 우리는 굵은 구리 수도꼭지의 목에 그것들을 매달고 쥐어짰으며, 마그리트 모레노는 담배를 입에 문 채, 갖가지 진짜나 가짜 뉴스, 일화, 예측 등을 우리의 성가신 집안일들 위로 자비로운 이슬처럼 뿌리곤 했다. 아니 드 펜은 마차가 드나드는 한 시문市門을 알았는데, 그 문 아래로 가면 닭 파는 촌부가 닭을 던져주며 이렇게 외치곤 했다. "자, 받으세요, 부인! 4프랑 5푼만 주시죠!"(IV, 1033)

전쟁이 파리에 다가오고, 1914년 9월부터 12월 사이, 마른 전투와 바다를 향한 경주[20] 이후 전선이 굳어지자, 코르셋을 거부하는 이 해방된 여성들, 담배를 피우는 이 머리 짧은 네 여성은 나라 전체에 퍼진 불안에 맞서 함께 서로를 위로하며 독신의 행복을 공유한다. 노동이 아직 여성의 운명이 아니던 시절에 네 사람 모두 일을 하지만, 그들의 활동은 물론 수입도 전쟁 때문에 줄어들었다. 극장과 뮤직홀이 문을 닫았고, 언론도 전황에 대한 보고로 일반 기사 영역이 축소되었기 때문이다.

도미니크 보나는《콜레트와 그녀의 여자들》이라는 책에서 코르탕베르 가의 팔랑스테르를 이렇게 서술했다.

파시의 그 작은 별장 주택에는 기숙사나 매음굴 같은 분위기가 지배한다. 여자들은 거기에서 아침저녁으로 자기들끼리만 있다. 어떤 검열관도 이 누에고치를 규제하려 들지 않고, 어떤 교란자도 즐거운 목소리들이 울리는 완전히 여성적인 이 집단에 자신의 남성성을 가져오지 않는다. 부지런히 움직

---

20 스위스와 북해를 잇는 전선을 굳히게 되는, 1차 세계대전 초기 '이동 전쟁'의 마지막 단계.(─옮긴이)

콜레트와 함께하는 여름

이고, 돌아다니고, 한 층에서 다른 층으로 서로를 부르고, 어깨를 옆으로 세워야만 지나칠 수 있는 너무나 좁은 층계에서 복작거린다. 완벽한 사생활이다. 규율도 없고 시간표도 없다. 어떤 종류의 어떤 의무도 없다.(DB, 23)

　그것은 자유요, 바캉스다. 전쟁이 장기 바캉스라는 속설이 꼭 틀린 말만은 아니다. 전쟁이 발발하기 전날 밤, 콜레트는 《족쇄》에 이런 희망을 적었다. "자유롭게… 자유롭게 살자!… 나는 큰소리로 외친다, 퇴색한 이 아름다운 말이 다시 생명을 얻고, 다시 비상하도록, 숲과 야생 날개의 그 초록빛 외관을 다시 얻도록…."(II, 427) 하지만 이 여성 클럽을 가장 먼저 깨트린 이는 바로 그녀다. 그녀는 주브넬의 부재를 더는 견딜 수 없어 그를 만나러 베르됭으로 찾아가며, 거기에서 아니 드 펜에게 이렇게 쓴다. "모두 다 아주 잘될 거야, 우리는 파산하지 않는 팔랑스테르를 갖게 될 거야, 감정적으로도 말이야."(LAPB, 32) 하지만 그 팔랑스테르는 그녀가 돌아온 후에도 다시 만들어지지 않았다. 그 마법 같은 순간은 향수의 뒷맛을 남기며 흘러가 버렸다. 나중에 콜레트는 마그리트 모레노에게 이렇게 털어놓는다. "나는 그 아름다운 팔랑스테르의 나날로 되돌아가게 될 거라고 생각했어."(LMM, 46)

콜레트와 함께하는 여름

25

베르됭

1914년 8월 1일, 콜레트는 뮈지도라와 함께 브르타
뉴의 로즈방 저택에서 바캉스를 보내고 있었다. 그 시
기 그녀가 쓴 기사들의 모음집인 《긴 시간들》의 첫머
리를 장식하는 〈르 마탱〉지 기사에서, 그녀는 "그것은
전쟁이었다"라고 쓴다. "뉴스거리를 찾아 뛰어간 생말
로에서, 우리는 총동원령이라는 청천벽력 같은 소식을
들었다."(II, 477)

콜레트는 한 살 난 딸을 보모와 함께 뒤에 남겨둔 채
급히 파리로 되돌아오고, 주브넬은 자신이 속한 지상
군 포병 연대로 되돌아간다. 1914년 8월 30일, 그녀는
조르주 와그의 부인 크리스틴 망들리에게, "아! 시디는
베르됭에 있어. 어쩌겠어, 되도록 인내하며, 즐겁고 이
성적으로 지내야지"라고 쓴다.(LV, 107) 주브넬은 9월에

가벼운 부상을 입었다. 당시는 그녀가 코르탕베르 가의 '팔랑스테르'에서 지내던 시절이다. 10월, 콜레트는 그새 병원으로 변한 장송 드 샐리 고등학교에서 밤새워 부상병들을 간호한다. 남편의 부재가 그녀를 무겁게 짓누른다. 그거야 다른 많은 여자에게도 마찬가지지만, 그녀는 얌전히 참고 견디는 스타일이 아니다.

1914년 12월, 그녀는 금지된 일임에도 불구하고, 주브넬을 만나려고 비밀리에 전선으로, 베르됭으로 간다. 그 후 〈르 마탱〉에 "어느 파리 여인의 말들"을 게재한다. 후방에 관한, 즉 장송 드 샐리에서 보살핀 부상병들, 다시 문을 연 카페-콩세르들, 자신들의 남자에게 군사 상황에 대해 진지하게 말해야만 한다고 믿는 여자들과 가벼운 내용의 편지를 받고 싶은 전선 남자들 간의 서신 교환 문제 등에 관한 연속 르포르타주다. 하지만 베르됭을 방문한 얘기는—검열 때문에—신문에는 실리지 않는다.

가장 덜 혼란스러운 시간은 샬롱과 베르됭 사이에서, 빛을 모두 끈 채, 기침 소리와 기적汽笛을 자제하며, 더듬더듬, 천천

콜레트와 함께하는 여름

히, 천천히 나아가는 '검은 열차'의 시간이었다. 긴 시간이라고? 어쩌면 어서 도착하길 바라는 조바심 때문에 그럴 수도 있지만, 그러나 그것은 북동쪽, 지평선에 낮게 깔려 할딱거리는 장밋빛 미광, 집중 포격의 섬광이 끊임없이 번쩍이는, 불안한, 꽉 찬 시간이었다.

미광을 동반한 화려한 천둥소리가 끊임없이, 맹렬하게, 귀를 찢는 게 아니라 온몸에서, 배와 머릿속에서 울린다. 가끔은 번쩍이는 로켓탄이 꽃처럼 떨어져 내리며 밤을 찢기도 한다.

겨울 새벽이 깨어날 때까지, 베르됭에 도착할 때까지, 아무도 잠들지 않았고, 아무도 말을 하지 않았다. 나는 변장한 채 "별일 없소?"라는 인사와 함께 병사와 악수하며 지나가는 그 베르됭 상인들을 얼마나 부러워했던가….

아무러면 어떤가. 나는 지금 여기에 있고, 여기에 계속 머무르고자 할 것이다, 자발적 포로로.(II, 490~491)

콜레트는 다른 많은 이들과 마찬가지로, 전쟁의 아름다움을, 폭격의 불꽃놀이를 느낀다. 그녀는 베르됭에서 친구 레옹 아멜에게 이렇게 쓴다. "오늘 아침부터 가장 멋진 집중 포격이 끊임없는 뇌우처럼 쏟아지고 있어. 유리창이 쨍그랑거리고 문이 덜커덩거려."(LV, 112) 그녀는 1915년 5월에 두 번째로 베르됭에 머물렀다가 〈르 마탱〉의 르포르타주 때문에 이탈리아로 떠난다.

"어느 파리 여인의 말들"에서 그녀는 사람들이 어떻게 전쟁 속에 자리 잡는지를 이야기한다. 그녀가 쓰는 전쟁 기사는 다른 어느 기사와도 비슷하지 않다. 그녀는 거대한 역사에서 한 발짝 물러나, 여성의 관점에서 기사를 쓴다. 평범한 삶의 사건들을 서술하고, 일상의 어려움을 극복하려는 일반 국민의 용기를 알린다.

"적敵의 아이"는 1915년 3월 24일 자 〈르 마탱〉에 게재된다. 이 일간지는 2월에, 국회의 보증 및 신용위원회 의장이 쓴 "낙태에 반대함"이라는 기사를 게재한 바 있다. 그 기사에서 그는 "더러운 침략자들"이 점령지의 부인들과 젊은 여자들에게 행한 강간, 수천 건에 달하는 그런 성범죄의 결과를 상기시키면서 낙태와 영아 살해를 촉구하는 "위험한 캠페인"에 맞서, 그 희생자들을 보호하는 대책들을 제시했다. 콜레트는 좀 더 단순하게, 자비를 호소하면서, 원치 않은 아이의 어머니가 될 그 모욕당한 여자들에게 거처와 음식, 기저귀, 일거리 등을 주고, 무엇보다 그들을 가만히 좀 놓아둘 것을 요구한다.

(…) 지쳤으되 마음이 가라앉아, 자신의 최선의 본능에 저항하지 않고, 마침내 그녀가 그 '괴물'이 그저 신생아일 뿐이라는 것, 삶에 굶주린 한 명의 신생아, 흐린 두 눈과 은빛 솜털, 와플처럼 부푼 부드러운 두 손을 가진 신생아, 방금 꽃받침이 찢긴 양귀비꽃 같은 존재라는 사실을 자각하게 될 순간에 대한 믿음을 가집시다.

그 여자들에게 맡겨둡시다. 아무 말도 하지 말고… 조용히….(II, 509)

그녀 역시 여자요 어머니이며, 일선도 사령부도 자주 찾지 않는 사람이기에, 콜레트의 기사들은 그 유례를 찾아볼 수 없다. 그녀는 전쟁에 관한 자신의 그 글들을 그리 높이 평가하지 않는다. 1918년에 프랑시스 카르코에게, 그 "하찮은 신문 글 나부랭이들"이라고 말한다.(LSP, 204) 원래 그녀는 자신의 작품을 늘 엄하게 평가하는 사람이지만, 우리는 그 "나부랭이들"을 다르게 본다. 그녀가 나중에 《셰리의 종말》이라는 작품을 통해 보여주듯, 그녀만이 세계대전이라는 그 오랜 세계적 갈등이 사람들의 정신세계와 두 성 간의 관계에 가져다준 뿌리 깊은 충격을 이해할 수 있었다. 《긴 시간들》에 수록된 그 글들은 내가 그녀 최고의 소설로 꼽고 싶은 작품을 예고한다.

콜레트와 함께하는 여름

26

"아이와 마법"

어느 날 루셰 씨가 내게 오페라를 위한 요정 무도극 대본을 하나 써달라고 부탁했다. 나는 느리고 힘들게 작업하는 사람인데, 그런 내가 어떻게 여드레도 안 걸려 〈아이와 마법〉을 그에게 넘기게 되었는지는 지금도 이해가 잘 안 된다…. 그는 나의 그 작은 시편을 좋아했고, 내게 몇몇 작곡가를 제안했는데, 나는 그 이름들을 최대한 예의 바르게 맞이했다.

"그렇다면, 라벨은 어떤가요?"하고 루셰 씨가 잠시 침묵한 뒤 말했다.

나는 예의 바른 태도에서 야단스럽게 빠져나와, 아낌없이 나의 희망을 표했다.

루셰는 이렇게 덧붙였다. "라벨이 받아들인다면, 그것은 오랜 시간이 걸릴 수 있다는 것을 우리가 굳이 숨길 필요는 없겠죠…."(IV, 166~167)

콜레트는, 가족이 모두 그렇듯, 음악가였다. 그녀의 친구 제르멘 보몽은 언젠가 그녀가 피아노 연주자가 없을 때, 뒤파르크의 노래를 부르는 한 젊은 여가수의 반주를 맡았고, 노래가 끝난 후 오랫동안 혼자 연주하는 모습을 본 일을 회상한다. "그녀가 피아노 건반 위에 손을 올리는 그 방식이 지금도 생생하게 기억납니다"(PB, 82-83). 윌리와 함께, 그녀는 포레와 드뷔시를 자주 만났다.(IV, 1070) 그래서 그녀는 파리 오페라 극장 감독 자크 루셰가 1915년에 그녀에게 그 발레 대본을 부탁했을 때 행복했고, 걸핏하면 글쓰기의 어려움을 토로하던 그녀가 쉽게 대본을 썼다. 뒤카스와 스트라빈스키의 거절을 거쳐, 나중에 라벨이 받아들였으나, 작업이 지연되었다. 그는 1919년에야 작업에 들어가 시간을 오래 끌었다. 작품은 1925년 3월에 모나코의 몬테카를로 오페라 극장에서 초연되었고, 그 1년 후에 오페라-코미크에서 재연되었다.

5년이 흘러갔다. 완성된 작품과 저자는 침묵에서 빠져나왔고, 라벨의 복심들, 밤눈이 밝은 그 샴 고양이들의 파란 눈동자에서 벗어났다. 하지만 그는 나를 특별 대우하지 않았고, 단 한 번도 내게 어떤 설명을 해주거나, 미리 듣게 해주거나 하지 않았다. 다만 그는 두 고양이의 "울음 이중창"에 신경을 써서, 자신이 "야오" 대신 "야옹"으로 하거나 아니면 그 반대로 바꿔서 문제가 되지는 않았는지 내게 심각한 어조로 물었다….(IV, 167)

콜레트의 대본은 막 모친을 여읜 라벨에게 감동을 주었다. 그의 영감을 고취하여, 양편의 기여분을 구분할 수 없을 만큼 대본과 음악이 완전히 하나로 융합되게 했다. 라벨은 곡을 만들면서 콜레트의 대본에 개입할 수 있었고, 그래서 작품 해석이 복잡해진다.

콜레트는 숙제하길 거부하고, 자유를 요구하고, 어머니에게 반항하는 "나쁜! 나쁜! 나쁜!" 아이를 등장시킨다. 어머니가 아이에게 벌을 주고 가두면, 아이는 닥치는 대로 부수며 외친다. "난 자유야, 자유, 말 안 듣는 자유로운 아이야!" 그러자 시계, 불, 수학자의 화신인 작은 여우 등, 그가 학대한 물건들과 동물들이 격분하여 날뛰고, 친숙한 고양이까지 "크고 무섭게" 변해 암고양이와 함께 발레를 추기 시작한다. 잠자리·박쥐·다람쥐·개구리 떼의 원무 속에서, 아이의 친숙한 세계 전체가 그에 맞서 들고 일어나, 마침내 "엄마!"하고 구원의 외침을 토할 때까지 아이를 위협하고, 결국 아이는 자신이 화가 나서 상처를 입힌 다람쥐의 다리를 보살펴준다. 뒤이어 조용한 재생의 시간, 동물들과 화해하는 시간, "엄마!"라는 이 마술적 말을 통해 세계가 다시 하나로 복원되는 시간이 찾아온다.

이 아이의 모델은 1915년 당시에는 아직 갓난아기였던 콜레트의 딸 벨-가주가 아니다. 어머니에게 맞섰다가 다시 어머니에게 돌아가는 관계는 콜레트와 시도의 힘든 관계를 떠올리게 한다. 콜레트는 어머니를 떠났고, 어머니의 통제를 거부했다. 시도는 1912년에 사망할 때까지 딸의 작품에 전혀 등장하지 않으며, 콜레트 자신도 어머니가 되고 50대에 가까워졌을 때인 1922년에야, 《클로딘의 집》을 시작으로 당당히 그녀의 작품에 등장한다.

〈아이와 마법〉이 주는 교훈은 민간 동화의 그것─화합, 조화의 단절, 질서 회복─과 같지만, 이 요정극은 정신분석가 멜라니 클레인에게 충격을 안겨주었다.

그녀는 공연도 보지 않은 채, 1929년의 빈 공연에 대한 보고서를 바탕으로 작품 평을 썼다. 그녀가 보기에, 아이가 어머니와 세상을 공격한 것은 유아적 불안의 전형이요, 나쁜 엄마에 대한 환상, 오이디푸스와 거세의 경험이며, 고양이들의 춤은 원초적 무대를 나타낸다. 그렇게 보면 〈아이와 마법〉은 유아 정신분석에 대한 완벽한 입문이 될 것이다. 한편 줄리아 크리스테바는 "어머니를 향한 은밀한 욕망으로 드러나는 깊은 분노" 얘기를 하면서, 콜레트를 "본인은 모르는" 탁월한 "아동 정신분석가"로 만들었다.(JK, 175)

1937년에 라벨이 사망하자, 콜레트는 이 음악가를 기리는 오마주에 협력했다. 거기에서 그녀는 자신들의 공동 작업을 처음으로 들었을 때의 감동을 이렇게 회상한다.

양치기들의 행렬을 수반하는 탬버린들의 첫 울림을 들었을 때의 그 감동을 어떻게 말해야 할까? 정원의 달빛, 잠자리와 박쥐 무리의 비상…. "재미있지 않아요?"하고 라벨은 말했다. 하지만 눈물 응어리 하나가 나의 목젖을 죄었다. 동물들이,

들릴락말락 내뱉는 다급한 속삭임과 함께, 화해한 아이 쪽으로 몸을 기울이고 있었다…. 나이팅게일과 반딧불이 무리가 별처럼 박힌 오케스트라의 물결이 나의 보잘것없는 작품을 그토록 높이 들어 올리리라고는 미처 예상치 못했다.("1900년의 어느 살롱",《거꾸로 쓰는 일기》, IV, 167)

〈아이와 마법〉은 걸작이다. 엄마 잃은 두 아이, 두 고아의 보기 드문 화합이 이루어낸 결실이다.

27

애인들

    대머리에 턱수염이 나고 배가 '불룩한' 열세 살 연상의 남자와 결혼한 후, 콜레트는 자신이 젊고 날씬한 남자들에게 끌린다는 사실을 알게 되었다.《나의 습작 시절》에서, 그녀는 이 깨달음을 폴레르가 자기 애인과 다툰 후 그가 난폭해지자 윌리와 콜레트에게 구조를 요청한 날 밤과 결부시킨다. 윌리는 그 잘생긴 수컷을 훈계하지만, 콜레트는 그에 대한 호기심을 숨기지 않는다.

    (…) 나는 처음 보는 낯선 광경을 아주 느긋하게 바라보았다. 청춘기의 사랑과 그 난폭함, 모욕당한 애인, 그의 벌거벗은 상체, 여성적인 부드러운 피부 아래에서 꿈틀대는 표본 같은 근육들, 그 무심하고 거만한 육체의 홈과 돌출부, 성큼성큼 걸어가 널브러진 폴레르의 몸을 일으켜 세우는 그 자신만만

한 태도 등….

나는 팽팽하고 가득한 그의 목덜미, 우리가 보지 못하도록 폴레르의 얼굴을 가리는 그의 잿빛 머리카락의 비를 바라보았다…. 그는 희생자를 자신의 목에 기대게 한 채 다독였고, 희생자는 더는 우리 생각을 하지 않았다. (…)

그때 일은 한동안 내게 쓸쓸한 거북함을 안겨준 기억으로 남았는데, 아무래도 나는 그 느낌을 질투로 적어야 할 것 같다…. (III, 1048~1049)

그 후 그녀는, 미시와의 관계라는 괄호가 쳐진 기간 동안, 혹은 그 관계와 나란히, 루브르 백화점의 상속자인 오귀스트 에리오라는 잘생긴 애인을 갖게 된다. 그는 스포츠를 즐기는, 콜레트보다 열세 살이 어린 스물네 살의 보충병이었다. 그들은 1910년 11월에 함께 나폴리로 여행을 하고, 그 후 그는 니스와 몬테카를로로 그녀의 순회공연에 따라간다. 콜레트는 1910년 말경 미시에게 보낸 편지들에서 그를 '어린아이'·'애송이'로 부르고, 1911년 초에는 '얼간이'라고 부른다. 그는 콜레트를 좋아했지만, 그녀는 그를 지배하다가 매정하게 차버리고 주브넬에게 가버린다(그 후 얼마 지나지 않아 에리오는 주브넬의 정부 이자벨 드 코맹주, 즉 콜레트를 죽이고 싶어 했던 그 표범과 함께 항해 유람을 떠난다). 시도는 아마도 에리오가 더 좋았던 듯, 딸에게 보낸 편지나 그녀에게서 딸을 앗아간 주브넬에게 보낸 편지에서 그를 '게루빔'(착하고 예쁜 아이)이라고 불렀다.

> "저런, 얘야, 난 다른 사람이 더 좋았어. 지금 네가 땅바닥 저 아래로 내팽개친 그 아이 말이다⋯."
> "오, 엄마!⋯ 그런 멍청이를! (⋯)"
> "미네-셰리, 아마 넌 그 멍청이와 멋진 이야기들을 쓰게 될 거야⋯. 네가 속에 간직한 좀 더 소중한 모든 걸 그에게 주도록 애써 보렴."(《날의 탄생》, III, 293)

콜레트는 부당하다. 에리오는 여러 언어에 능통한 유식한 청년이었고, 그 후 전쟁에서 크게 이름을 떨친다. 소설 《셰리》에 등장하는 레아의 젊은 애인 셰리는 콜레트의 에리오 같은 존재로, 소설 속 커플의 관계가 좀 더 오래 유지되지만, 어떻든 셰리는 그에게서 용모라든가 복싱 같은 취미를 물려받았다.

노르망디에서의 첫 여름을 떠올린 레아는 이렇게 인정하지
않을 수 없었다. "내가 만났던 그 버릇 나쁜 젖먹이들 가운데
는 셰리보다 더 재미있는 녀석들도 있었어. 더 사랑스럽고 더
똑똑한 녀석들도 있었지. 하지만 아무리 그래도 셰리 같은 녀
석은 없었어."(II, 739)

그녀는 그를 오랫동안 보살필 생각은 아니었지만,
그래도 그가 결혼할 때까지, 여러 해에 걸쳐 그에게 감
정 교육을 해준다. 콜레트는《날의 탄생》에서, 나이 많
은 여자와 젊은 남자 간의 이러한 관계에 대해, "그는
가을 한 철 포도 수확일 뿐이다"라고 선언한다.(III, 294)
그리고 "젊은 정부를 만족시켜주는 패륜은 여자를 그
리 황폐화하지 않는다, 오히려 그 반대다"라고 덧붙이
며, 성숙기의 사랑이 준 교훈을 끌어낸다.(III, 295)

그 사이에 베르트랑 드 주브넬의 사랑이 있었다. 이
는《셰리》에서, 자세히는 아니나 어느 정도 예고된 사
랑으로, 그래서 콜레트는 나중에《날의 탄생》에서 이

책을 "미래를 예고한" 책이라고 말한다.(III, 286) 지금 사람들은 이에 대해 어떤 말을 할까? 1903년생인 베르트랑 드 주브넬은 그녀의 남편 앙리 드 주브넬의 장남으로, 콜레트는 그가 16살 나던 해인 1920년 4월 카스텔 노벨에서 그를 맞이한다. 여전히 주브넬 부인으로 불리고 있는 클레르 보아가 이 아들을 바캉스 때 그녀에게 맡긴 것이다.(LMM, 47) 콜레트는 1920년 여름 동안, 로즈방 저택에서 그를 벨-가주와 함께 맞이하여 그에게 감정 교육을 해준다. 그들의 관계는 1921년 여름에 재개된다.(LMM, 53) 그해 가을 콜레트는 그를 생-소뵈르로 데려가며, 이때의 방문에서 《클로딘의 집》이 탄생하게 된다. 1922년 4월에는 두 사람이 함께 알제리로 여행을 떠난다. 두 사람의 남편이자 아버지인 시디는 그들이 돌아왔을 때 파리에서 두 사람을 맞이하지만, 자신은 그즈음 아내에게서 멀어진다.(LMM, 59)

《청맥》은 1923년부터 〈르 마탱〉에 연재되기 시작하여, 청년 필과 "백의白衣의 귀부인" 달러레 부인의 사랑을 이야기한다. 하지만 이 연재는 둘의 첫 포옹 내용이 요약되어 실렸고, 미풍양속을 저해할 우려가 있다는 이유로 그다음 주에 중단되었다.(II, 1236과 1239) 이 신문의 문학 담당 편집 위원으로서, 콜레트는 〈르 마탱〉이 "퇴유의 은퇴한 공안원을 펄쩍 뛰게 할"만한 것은 일절 게재하지 않았다는 사실을 잘 알고 있었다.(LHP, 38) 필은 여자친구 뱅카의 천진함과 백의 귀부인의 욕망 사이에서 오락가락한다.

어제까지만도 그는 인내하는 마음으로, 얼마쯤 지나면 뱅카가 그의 것이 될까 하고 헤아려보고 있었다. 그러다 오늘, 그의 육체에 패배의 전율과 달콤함을 안겨준 한 가지 교훈에 얼굴이 창백해진 채, 필립은 어이없는 한 이미지 앞에서 전격적으로 뒷걸음질 쳤다….

"절대 안 돼!"

새벽이 빠르게 다가왔다. 하지만 떠오르는 여명의 붉은빛이 겹겹이 스며드는 염전의 안개를 몰아내는 바람은 어디에도 없었다. 필립은 저택 문턱을 타고넘어, 숨 막히는 밤이 아직도 가득한 제 방으로 소리 없이 올라가서는, 덧문들을 열어젖히고, 자신의 새로운 남자 면모를 얼른 거울에 비춰보았다…. 그는 피로감이 역력한 야윈 얼굴에서, 눈 주위의 무리 때문

콜레트와 함께하는 여름

에 더욱 커진 활기 없는 두 눈동자, 붉게 칠한 입술에 닿아 아직도 화장기가 좀 남아 있는 두 입술, 그리고 이마 위의 형클어진 검은 머리카락을 보았다—그 애처로운 몰골은 남자의 것이라기보다는 상처받은 젊은 여자의 것 같았다.(II, 1224~1225)

콜레트는 1923년 말에 베르트랑의 아버지와 헤어지고, 1924년 1월에 그 아들과 함께 스위스로 떠난다. 그 후 베르트랑은 그녀를 위해 약혼을 파기하고 그녀에게 충실하겠다고 말하지만, 둘의 관계는 1925년 4월에 파경을 맞는다.

그 후 콜레트는 곧바로 그녀보다 16살이나 어린, 36살의 모리스 구드켓이라는 또 다른 젊은이와 관계를 맺는다.(LMM, 105~106) 콜레트의 마지막 동반자, 그녀가 "나의 가장 소중한 친구"라고 부르는 이다.(《개밥바라기》, IV, 784)

《청맥》의 끝부분에 이르러 필은 이렇게 외친다. "우리는 여자가 무엇을 원하는지 알고자 할 때, 그리고 여자가 자신이 무엇을 원하는지 알고 있다고 생각할 때,

언제나 제정신이 아니게 된다!" 오랜 경험을 바탕으로
한 콜레트의 지혜를 잘 요약하는 문구다.(II, 1252)

콜레트와 함께하는 여름

28

브르타뉴에서 남프랑스로

우리는 콜레트를 고향 집과 초등학교, 어린 시절의 추억이 깃든 생-소뵈르-앙-퓌제와 연결 짓고, 또한 자콥 가에서부터 샹젤리제 대로, 그리고 생의 만년을 보낸 팔레 루아얄에 이르기까지, 그녀가 수없이 옮겨 다닌 파리와도 연결 짓는다. 하지만 그녀는 "순회공연의 황태자"인 공연 기획자 샤를 바레와 함께 프랑스 전역을 여러 차례 돌았고, 1909년과 1910년에는 한 해에 서른 개나 되는 도시를 돌아다녔다. 그래서 콜레트는 여러 도시의 호텔과 레스토랑들을 속속들이 안다.(《순회공연 수첩》, II, 26)

사람들은 그녀가 애써 간직한 억양 때문에 그녀를 토박이 취급하지만, 사실 그녀는 외국 여행을 많이 한 사람이다. 1895년, 1896년, 1899년, 1900년에는 윌리와 함께 베이루트를 방문했고, 뮤직홀과 연극 순회공연은 종종 그녀를 브뤼셀, 제네바, 로잔, 혹은 몬테카를로 등지로 데려갔다. 1911년에는 튀니지를 방문했고, 1915년 6월에는 〈르 마탱〉지 특파원으로 로마에 갔으며, 1917년에는 주브넬과 함께 다시 로마로 되돌아가 《방랑하는 여인》을 각색한 무성 영화 촬영을 뮈지도라와 함께 지켜보기도 했다. 1922년에는 베르트랑 드 주브넬을 알제리로 데려갔고, 1926년과 1929년에는 모리스 구드켓을 모로코로 데려갔다. 1935년 5월에는 〈르 주르날〉의 보도 기자로, 여객선 노르망디 호의 첫 대서양 횡단 항해에 승선하여 5일간 뉴욕을 방문했다. 그녀는 모로코를 몹시 사랑했으며, 거기에 가면 마라케시의 군주 글라우이의 저택에 손님으로 머물렀다. 《감옥과 낙원》의 〈모로코 수첩〉은 이 도시를 그린 글이지만, 〈랑데부〉의 배경이 되는 장소는 탕헤르다.

하지만 프랑스에 대한, 프로방스에 대한 콜레트의 애착은 선조의 유산이다. 아버지 가문은 로렌 지방 출신으로 두 세대 전부터 툴롱에 정착했고, 어머니는 파리 태생이지만 어머니의 아버지 쪽 가문은 아르덴 지방 출신이다. 어머니는 부르고뉴와 벨기에에서 자랐고, 결혼 때문에 부르고뉴로 돌아왔다.

그녀의 삶에 특히 중요했던 몇몇 장소가 있는데, 신혼 시절 남편의 외도로 우울증에 걸린 후 1894년 여름 동안 머물렀던 벨-일이 그렇고, 고티에-빌라르의 가족이 있던 쥐라 지방도 그렇다. 하지만 그녀에게 특히 각별한 곳은 역시 브장송 근처의 몽-부콩이다. 1900년에 윌리가 《클로딘의 학교생활》로 번 돈으로 매입한 사유지로, 그녀가 1901년에서 1905년까지 다섯 번의 행복한 여름을 보낸 이곳은 《감상적 은퇴》에서는 카자멘이라는 이름의 사유지로 등장한다. 그 후 그녀는 또 1906년에서 1910년까지, 솜므 만에 있는 크로투아에서 미시와 함께 다섯 계절을 보냈는데, 당시 윌리와 그의 정부 멕 빌라르는 인근의 한 저택에 머무르고 있었다.

그녀에게 특히 중요했던 두 저택이 있는데, 하나는 "바람의 장미" 로즈방 저택이다. 1911년부터 콜레트는 1910년에 미시가 그녀 명의로 매입해준 생말로 근처의 이 저택에서, 8월 한 달 내내 바캉스를 보내면서 연극과 신문사 일에서 벗어나 글을 쓴다. 그녀가 1919년에 《셰리》 집필을 시작한 곳도 바로 이 저택이며, 1921년에 다시 딸 벨-가주, 주브넬의 두 아들, 그밖에 다른 여러 손님과 이 저택으로 되돌아왔고, 시디도 오락가락하며 드나들었다. 1921년 8월 마그리트 모레노에게 보낸 편지에서, 그녀는 이렇게 쓴다. "베르트랑 드 주브넬도 여기 있어. 그가 겪는 불행한 일과 건강 문제로 그의 어머니가 내게 맡겼지. 내가 마사지해주고, 잔뜩 먹이고, 모래로 찜질도 해주고, 햇빛에 그을러 주고 있어."(LMM, 53) 우리가 《청맥》의 배경 장소로 떠올리는 곳이 바로 여기다. 일 년 후, 역시 모레노에게 보낸 편지에서, 그녀는 이렇게 쓴다. "시디의 목욕 장면을 네가 보아야 하는 건데, 베르트랑, 르노, 콜레트라는 그의 어린 세 트리톤과 뚱보 트리톤 하나—나—에 에워싸인 시디-넵튠 말이야…. 꽤나 감동적인 신화의 한 장면이지."(LMM, 60)

여러 해에 걸친 주브넬과의 결혼생활 동안, 콜레트는 봄가을에 브리브 근처에 있는 주브넬의 대저택 카스텔 노벨에도 자주 머무른다. 이곳에 대해 그녀는, 나

콜레트와 함께하는 여름

중에 《셰리》를 연극 작품으로 공동 각색하게 되는 레오폴드 마르샹에게 자랑하듯 말한다. "모든 게 너무 아름다워서, 취한 듯 몸이 얼얼해져요. 그리고 트랙터를 몰고 나면 팔이 떨리죠. 트랙터를 탄 내 모습을 보셨던가요?"(LV, 130~131)

앙리 드 주브넬과 이혼하고, 베르트랑과도 헤어지고, 모리스 구드켓을 만나게 된 콜레트는 1925년부터, 그때그때 기분에 따라 여름 겨울 가리지 않고 남프랑스에 열중한다. 로즈방은 팔아버리고, 생트로페 인근에 주택을 하나 사서 "사향 포도 덩굴"이라는 이름을 붙인다. 이제부터 그녀는 좀 더 많은 글을 쓸 수 있는 계절인 여름 몇 달 동안 프로방스에 머문다. 그녀는 1926년 8월 레오폴드 마르샹에게 이렇게 털어놓는다.

당신에게 그려 보여주고 싶은 것, 나를 끊임없이 놀라게 하는 것, 그것은 바로 이 고장, 이곳의 기온, 비할 데 없이 독특한 이곳의 풍토랍니다. 그 무엇도 이곳의 더위를 괴로워하지 않아요. 우리도 마찬가지고요. 녹음, 진짜 녹음, 무화과나무, 능수버들, 과수나무, 코르크나무, 포도나무 등이 해변으로 통하는 길만 겨우 남겨두고 있죠. (…) 레오, 이곳에서의 산책은 정말 멋지답니다! 아침 6시 반에는 모든 게 이슬에 젖어, 세상이 갓 태어난 듯 신선해요. 정오에도 걷는 게 두렵지 않아요. 공기도 특별하죠. 내가 마음이 들떠 눈이 먼 게 아니에요. 행인들도 이곳에서는 나처럼 매혹되고 말아요. (LV, 192)

우리는 《날의 탄생》의 목가적인 배경이 바로 이곳임을 안다.

이곳이 나의 마지막 집일까? 이곳에서는 밤이 곧장 정오 시간으로 이어지는데, 그 짧은 내면의 밤이 흘러가는 동안, 나는 이 집을 재어보고, 이 집에 귀를 기울인다. (…) 내일은 소금기 밴 이슬에 젖은 능수버들 위의, 푸른 창 끄트머리마다 진주를 하나씩 달고 있는 가짜 대나무들 위의 붉은 여명을 예고 없이 만나볼 생각이다…. 밤에서, 안개에서, 바다에서 거슬러 올라오는 비스듬한 길…. 그리고 목욕, 노동, 휴식…. 만사가 얼마나 단순할 수 있는지…. (III, 279~280)

하지만 곧 생트로페는 여름철에 너무 사람들로 붐비

콜레트와 함께하는 여름

게 된다. 사향 포도 덩굴 저택은 1938년에 적시에 팔렸다. 그 후에는 전쟁 때문에 여름 휴양지로 떠날 수 없게 되었다. 나중에 콜레트는 독일의 프랑스 점령 기간 내내 자신이, 팔레-루아얄 정원에서 벗어나 겨우 튈르리 공원까지 가는 것이 고작이었을 뿐, 단 한 번도 파리를 떠나지 못했음을 자각하게 된다.(LMM, 239)

29

사후死後의 복수

콜레트가 죽고 나서, 모리악은 그녀가 "거친 복수의 영혼"을 지녔고, 그녀가 "남자도, 여자도, 동물도" 좋아하지 않았다고 말한 모양이다.(PB, 311) 천만의 말씀! 콜레트는 동물을 좋아했고, 여자와 남자를 좋아했다. 비록 그들을 거칠게 대하는 때가 더러 있었을지언정 말이다. 하지만 그녀는 복수심이 강했고, 특히 자신의 첫 두 남편을 증오라고 부르지 않기가 어려운 그런 마음으로 추격했다.

1906년에 윌리와 헤어졌을 때, 그녀는 곧바로 그와의 관계를 끊지 않았다. 재결합을 시도하여 미시와 셋이 함께 사는 타협안을 제안하기까지 했다. 그러나《클로딘》연작의 저작권을 그가 헐값에 팔아넘긴 사실을 1909년에 알게 된 후, 그 작품들의 저자임을 주장하며,

끊임없이 그에게 모욕을 가하고 그 대가를 치르게 했
다. 그녀는 그가 부인 명의로 채권자들에게서 빼돌린
그의 가구들을 빼앗았다. 그것은 자신의 책을 도둑질
한 사람에 대한 복수였다.(PB, 181) 미시에게 보낸 편지
들에서, 두세트(윌리)는 "늙은 개자식"이나 "늙은 포주"
가 된다.(LM, 124~125)

1910년, 이혼이 진행되는 동안, 〈라 비 파리지엔〉에
연재소설로 게재된 《방랑하는 여인》에서, 그녀는 그를
아돌프 타이앙디라는 못된 인물로 등장시킨다.

> 8년간의 결혼생활, 3년간의 이별—내 삶의 3분의 1은 그렇게
> 채워졌다.
> 나의 전남편? 여러분 모두 그를 안다. 그는 바로 파스텔 화가
> 아돌프 타이앙디다. 20년 전부터 그는 여자 초상화만 그리고
> 있다. (…)
> 당시 아돌프 타이앙디는 그에게 너무나 잘 어울리는 미남자
> 의 파렴치함을 숨기지 않고 이렇게 선언했다. "내가 모델로
> 쓰고 싶은 사람은 나의 정부들뿐이며, 정부로 갖고 싶은 사람
> 은 나의 모델들뿐이다!"

사실 나는 그에게서 거짓말하는 재주 외에 다른 어떤 재능도 발견하지 못했다. 어떤 여자도, 그의 여자들 가운데 누구도, 그의 열띤 거짓말을 나만큼이나 높이 평가하고, 예찬하고, 두려워하고, 저주하지는 않았을 것이다. 아돌프 타이앙디는 열정적으로, 기분 좋게, 지치지도 않고, 거의 기계적으로 거짓말을 했다. 그에게는 외도라는 것도 거짓말의 한 형태—가장 즐거운 것은 아닌—일 뿐이었다.(I, 1081~1082)

1924년에 윌리가 《문학의 추억… 그리고 다른 이야기》의 출간을 예고하자, 콜레트는 그를 앞질러 〈르 주르날 리테레르〉에 "고백"을 발표한다. "나는 이름없이 뒷구멍으로 문학에 입문했다. 내가 이름을 드러내지 않은 채 일한 그 수년의 세월은 내게 겸손을 가르쳐"주었지만, 그러나 그녀는 "그녀(나) 자신의 문학에 대한 무관심"과, 한 페이지 한 페이지를 "지겨운 숙제"를 하듯 쓰는 그녀의 "고통", 즉 글쓰기의 어려움을 데뷔 시절의 그 예속 상태 탓으로 돌린다.(PB, 317)

1931년에 윌리가 사망하자, 콜레트는 《나의 습작 시절》에서 그의 '케이스'에 악착같이 매달려, 그에 대한 깊은 원한을 드러내는데, 그것은 단순히 작품을 도난 당한 작가가 품는 원한 정도에 그치지 않는다.

(···) 너무나 많은 젊은 여자가 자신의 손을 그 털 많은 손에 맡기고, 자신의 입을 그 불타는 입의 게걸스러운 경련을 향해 내밀고, 벽에 비치는 낯선 이의 거대한 남성적 그림자를 평온한 눈길로 바라보는데, 이는 관능적 호기심이 그녀에게 설득력 있는 충고들을 속삭여주기 때문이다. 양심의 가책이라는 걸 모르는 남자가 무지한 아가씨를 어느 틈에 방탕의 극치로 만들어도, 그것이 혐오스럽게 여겨지지 않는다. 혐오가 걸림돌이 된 적은 없었다. 양심이 그렇듯, 그것은 나중에야 찾아든다. 예전에 나는, "품격은 남자들의 결함이다"라고 썼었다. 그것보다는, "혐오는 여성의 사려思慮가 아니다"라고 쓰는 편이 더 나았을 것 같다.(III, 1020)

그녀의 원한은 단순히 아틀리에에서 그녀의 재능을 착취한 것과만 관계된 게 아니라, 부부생활에서 그녀에게 실망을 안겨준 것과도 관계된 것으로, 이 글은 그것에 대한 복수다.

월리의 아들 자크 고티에-빌라르는 그녀가 "복잡한 정신의 소유자인 박식하고, 비밀스럽고, 매력적"인 자신의 아버지를 희화화했다며 항의했다.(PB, 356) 자신에게 일을 가르쳐준 사람에게 콜레트가 배은망덕하게 군다고 여긴 사람이 그뿐이었던 건 아니다. 《나의 습작 시절》이 출간되었을 때, 폴 로토는 "콜레트가 그 책에서 월리를 그런 식으로 말한 데 대해 화가 난" 사람들을 만나보고는 그때의 일화를 이야기한다. 당대의 이름난 신문 기자 레옹 드푸는 "어느 날 점심 식사 자리에서 콜레트 옆에 앉았다. 그녀는 월리를 두고, '그 늙은 개자식, 그 늙은 술주정뱅이, 그 늙은 등신, 도대체 그가 한 게 뭐야?'라고 말했다. 그녀의 얘기를 듣고 있던 드푸가, '그가 한 게 뭐냐고요? 부인, 바로 당신을 만들었잖아요!'라고 말했다."(《주르날 리테레르》, 1936년 2월 4일)

반면 앙드레 지드는 그녀의 글에 전적으로 매료되었다. "참으로 완벽한 전략이요, 참으로 예의 바르고 조심스레 풀어낸 비밀 이야기다(폴레르나 장 로랭의 초상, 특히 월리, '월리 나리'의 초상에서). 단 한 줄도 어색하거나 걸리적거리지 않는다. 선이 우연처럼, 장난치듯 그어진 것 같지만, 실로 정묘한, 완벽한 예술이다."(〈주르날〉, 1936년 2월 19일) 그러고는 자신에게 "청교도주의의 무의식적 잔해"가 남아 있어 그런 사회에서 멀어지게 된 것을 자축한다.

그 후 콜레트는 주브넬이라고 해서 더 관용을 베풀지 않는다. 1941년 《쥘리 드 카르넬앙》이 출간되었을 때 독자들은 이 소설에 등장하는 부패한 정객, 즉 미모의 부유한 유대 여인과 결혼하여 그녀의 재산을 자신의 정치적 야망을 위해 쓰는 정치가 에르베르 데스피방이 누구를 가리키는지 어렵잖게 알아차렸다. 1941년 2월에는 콜레트도 자신이 쓰고 있는 "소설의 역겹고 독이 밴 성사聖事"를 언급한다.(LPF, 46) 주브넬의 절친인 아나톨 드 몽지는 그녀에게 자신의 "불쾌한 감정"을 숨기지 않았다. "콜레트, 벨-가주라는 딸을 둔 그 남자의 얼굴을 당신이 추문으로 더럽혔다고 하던데, 그게 사실이오? (…) 정말 앙리를 겨냥한 거요? 정말 그렇다면, 그 이유가 뭐요?" 콜레트는 부인했지만, 너무 많은 유사점이 이 소설의 분명한 악의를 입증하며, 이 소설 때문에 벨-가주는 오랫동안 어머니에게서 멀어졌다.

주브넬에 대한 콜레트의 처사는 부당했고, 윌리에 대한 처사는 더욱더 그랬다. 이 이야기에 대한 결론은 시도에게 맡기자. 《방랑하는 여인》이 1910년에 단행본으로 출간되었을 때, 시도는 소설을 다시 읽어보고서 이렇게 말했다. "하지만 종종 나는 나 자신에게 말한단다. 네가 너 자신에게 모호하게 말하는 것을 말이다. 네가 한동안 그런 읽을 겪지 않았다면, 너의 재능은 드러나지 않았을 거라고!"(LC, 418~419)

30

"소소한 삶들"

나는 그의 이름을 잊어버렸다. 한데 어째서 그의 슬픈 얼굴이 아직도, 한밤중에 나를 내가 어린아이였던 시절과 그 고장으로 데려가는 꿈에 간간이 떠오르는 걸까? 과거에 그는 산 자들 틈에서 친구 없이 떠돌았으나, 이제 그의 슬픈 얼굴은 친구 없는 주검들이 있는 곳에서 떠돌고 있는 걸까?

그는 이름은 대충 구사르, 혹은 부사르, 아니 어쩌면 고모 Gaumeau였는지도 모른다. 그는 공증인인 드페르 부인의 사무실에 발송 담당 직원으로 들어갔고, 거기에서 수년, 또 수년을 머물렀다…. 하지만 부사르—혹은 고모—가 태어나는 걸 보지 못한 우리 마을 사람들은 그의 입양을 꺼렸다. 승진까지 했지만, 부사르는 "이 고장의 아이"라는 계급장은 전혀 달지 못했다. 장신에 잿빛 머리카락을 가진, 야위고 홀쭉한 그는 누구의 동정도 구하지 않았고, 길을 따라가는 결혼 행렬을 음악으로 인도하느라 누구보다 마음이 부드러워진 바이올리니스트 겸 카페 주인 루이야르의 열린 마음조차 그에게만은 열리지 않았다.(II, 1038~1039)

"이바네즈가 죽었다"는 《클로딘의 집》의 가장 독특한 장 중 하나로, 생-소뵈르의 보잘것없는 한 일꾼, 한 달에 60프랑을 내고 파타송의 집에서 세끼를 먹고 자는 독신자의 초상화를 그린다. 시도는 그를 무서워한다. 하지만 점심 식사 후, 돌 벤치에 앉아 신문을 읽는 그의 모습은 꼬마 아가씨들의 호기심을 일깨운다. 어느 날, 그가 흥분된 얼굴로 늦게 도착하더니, 다른 한 사환에게 몸을 기울이며 이 수수께끼 같은 한 문장을 내뱉는다. "이바네즈가 죽었어." 그들은 연재소설 독자들이다. "리슐리외 추기경 짓이야"라고 부사르가 "씁쓸하게 웃으며" 덧붙인다.(II, 1041)

콜레트는 알렉상드르 뒤마를 좋아하지 않았다. 그와는 달리, 그녀는 소소한 삶들을 단 몇 줄로 상기시키고, "이바네즈가 죽었다" 같은 몇 마디 말로 전설로 만들어, 그런 삶에 대뜸 신화적 권위를 부여한다. 〈단순한 마음〉에 등장하는 플로베르의 펠리시테가 어느 면에서 그런 텅 빈 삶들의 모델이라 할 수 있다. 콜레트는 플로베르가 아니라 발자크를 표방하지만 말이다.

《클로딘의 집》에 나오는 "귀여운 부이유"의 삶도 그렇다. 머리를 틀어 올리고 긴 드레스를 입은 이 예쁜 소녀는 남들보다 먼저 학교를 떠나 재봉 일을 배우러 수선점으로 간다. 부사르와 마찬가지로 그녀는 마을의 "일상적 행인"이 된다.(II, 1026) 그녀는 춤도 추고, 마을 잔치에도 간다. 사람들은 그녀에게 어떤 운명이 닥치기를, 어떤 남자가 그녀를 납치하기를 기대한다. 하지만 "그 귀여운 부이유에게는 아무 일도 일어나지 않았다." 그녀는 기다렸으나 아무 일도 일어나지 않았다. 여러 해가 지난 어느 날, 콜레트 혹은 클로딘은 자동차를 타고 마을을 지나가다가 그녀를 알아보았다. "앙심 품은 커다란 두 눈을 가진" 그녀는 "내 또래 여자", 이제 더는 납치범을 기다리지 않는 노처녀였다.

그런 보잘것없는 사람들, 그런 익명의 사람들, 엑스트라의 삶을 사는 많은 이들이 《뮤직홀의 이면》이나 《순회공연 수첩》의 페이지들을 장식하는데, 콜레트는 그런 사람들에 대한 추억을 기록한다. 예를 들면 〈굶주린 자〉 같은 글이 그렇다. 그녀가 그를 관찰하는 이유는 그가 사람들에게서 떨어져, 무리에 섞이지 않기 때문이다. 그는 돈을 아끼는 사람이지만, 단추 구멍에 히아신스 꽃다발을 하나 꽂고 와서는 콜레트에게 내밀고, 콜레트는 루르드 역에서 그에게 따뜻한 작은 소시지를 하나 사준다. 그 가난한 젊은이에게서 남은 건 이게 다다. 비문碑文이 아니라, 전설이다.(II, 242)

《뮤직홀의 이면》이 그리는 무대 뒤 세계의 초상화에는 '벌이가 변변찮은 사람들'이라는 제목의 부部가 하나 있는데, 이 부에서 그녀는 여러 부속 직무들을 열거한다. 다른 한 장의 제목은 '반품返品된 사람'이다. 콜레트는 스타나 미국 유명 배우보다는 그런 사람들에게 더 애착을 갖는데, 1909년에 모리스 슈발리에가 리옹의 카지노 쿠르살에서 그녀를 알게 되었을 때 그녀에게 그런 직무를 맡기는 것도 그래서다.

이 소소한 삶들의 리스트에, 낙태한 뒤에 죽는 어린 소녀 '그리비슈'를 덧붙이자. 《벨라-비스타》에서 그녀는 어머니의 관심 때문에 목숨을 잃는다. 블루 대위에

콜레트와 함께하는 여름

게 반한 어린 댄서 미추라든가, 혹은 《암고양이》의 주인공인 우수마발 같은 청년 알랭도 있다.

> "실토해—그녀는 비극 배우처럼 팔짱을 끼었다—나의 경쟁자를 만나러 간다고 실토하라고!"
> "사하는 너의 경쟁자가 아냐"라고 알랭이 짧게 말했다.
> "어떻게 개가 너의 경쟁자일 수 있단 말이야?"라고 그는 속으로 말을 계속했다. "너의 경쟁자들은 더러운 세계에만 있을 텐데…."(III, 832)

자신의 암고양이를 돌아보던 콜레트는 그에게서, "바닥이 움푹 팬 민첩한 손바닥"(III, 891)의 사소한 몸짓, 《뮤직홀의 이면》에서 뤼세트 드 니스가 하는 것과 똑같은, "괴이하고 유연한, 숟가락질 같은 손동작"(II, 306)을 주목한다. 그들을 불멸의 존재로 만드는 동물적 몸짓들이다.

혹은 오테로 부인 역을 하며 어머니와 함께 순회공연을 다니는 청년도 있다. 그는 번쩍이는 드레스를 입고 춤을 추고, 소프라노 레제의 목소리로 노래를 하지만, 청중에게 인사하기 위해 가발을 벗는 것, 갈채를 받으려고 속임수를 드러내는 것을 유감스럽게 여긴다. 그는 사람들이 끝까지 자신을 여자로, "귀여운 매춘부"로 보아주길 바라기 때문이다.("수수께끼", 1910년, CJ, 44~46).

이처럼 보잘것없는 많은 이들이 콜레트의 작품에 등장하는데, 그녀는 그들에게 클로딘이나 시도, 혹은 지지 같은 전설적인 등장인물들 못지않게 주의를 기울인다. 그런 존재들은 늘 이름이 있는 것도 아니고, 그들의 개성은 그녀의 작품에 등장하는 토비-쉬앙이라든가 키키-라-두세트, 바-투, 수시, 마지막 암고양이 같은 친숙한 동물들에게도 못 미치기 일쑤다.

이 모든 소소한 삶의 모델은 바로 이복 큰오빠 아실의 그늘에 가려진 작은 오빠 레오다. 공증인 사무소 서기로, 사환으로 일했고, 음악가의 귀를 가졌던 이 우표 수집가는 《시도》에서는 "예순세 살 먹은 공기의 요정"(III, 537)으로, 《개밥바라기》에서는 "비에 날개가 접힌 늙은 요정"(IV, 813)으로 그려진다.

머리가 희끗희끗한 그 남자는 여섯 살 소년 시절부터 걸인 악

콜레트와 함께하는 여름

사들이 우리 마을을 지나갈 때 그들을 따라다니곤 했던 사람이다. 그는 한 애꾸눈 클라리넷 연주자를—4킬로미터 떨어진—생Saints까지 따라갔고, 그가 돌아오자, 나의 어머니는 우리 고장 우물들의 수심을 재게 했다. 좀체 화내는 일이 없는 그는 사람들의 비난과 불평을 착하게 듣기만 했다. 그는 어머니의 경고성 질책을 다 듣고 나면, 피아노 쪽으로 가서, 그 클라리넷 연주자의 모든 노래를 충실하게 연주하고서, 거기에 단순한 짧은 하모니들을 아주 정확하게 덧붙였다. 그는 부활절 후 첫 주일에 장터 회전목마에서 울리는 가락들, 그가 마치 허공에 떠도는 메시지처럼 포착하던 모든 음악에도 그렇게 했다.(《시도》, III, 534)

콜레트는 추억에 젖어 사는 그를 방문했던 감동적인 이야기를 들려준다. 그녀의 몇 차례 마지막 방문 중 하나인, 1939년의 방문 때 얘기다.(《거꾸로 쓰는 일기》, IV, 112~115) 그와 함께 그녀는 생-소뵈르에서 보낸 어린 시절의 하찮기 짝이 없는 추억들을 나누고, "이바네즈가 죽었어" 같은 하찮은 문구를 주고받는다. 형제자매 이야기를 들려주는 《시도》의 〈야생인들〉이라는 장에서는, 그가 마을을 방문하고 돌아와 가슴이 찢어질 듯한 자신의 실망을 누이에게 전한다. 걸쇠 장치 소리, 어린 시절의 소리, 성문에서 나던 그 찌걱거리는 소리를 듣지 못했다는 것이다. "그들이 철문에 기름칠을 해버렸더군"이라고 그는 말한다.(III, 540)

31

"과거의 유혹"

콜레트는 두 명의 작가를 존경한다. 한 명은 발자크다. 그녀는 어렸을 때부터 늘 그의 작품을 읽었고, 그의 전집을 팔레 루아얄에 있는 집의 "긴 뗏목 의자" 곁에 소중히 간직한다. 다른 한 명은 프루스트다. 《스완네 집 쪽으로》가 출간되었을 때 그에게 빠져버렸다. 하지만 그렇게 되기 전에, 먼저 그에 대한 편견부터 극복해야 했다. 그가 파리에 왔을 때, 여러 살롱에서 그와 마주친 적이 있기 때문이다. 프루스트가 죽은 후에 쓴 한 오마주에서, 그녀는 당시의 일을 이렇게 회상한다.

그는 내가 젊었던 시절에 젊은이였고, 내가 그를 잘 알 수 있게 된 것은 그때가 아니다. 나는 아르망 드 카이야브 부인의 집에서 수요일에 그와 마주치곤 했는데, 지나치게 예의 바른 그의 태도며, 대화 상대들, 특히 여자들에게 기울이는 그의 과도한 관심은 별로 나의 취향이 아니었다. 그것은 그와 그녀들 사이의 나이 차를 너무 도드라지게 하는 관심이었다. 그래서 그는 기이할 만큼 젊어 보였다. 다른 모든 남자보다, 다른 모든 젊은 여자보다 더 젊어 보였다. 거무죽죽하고 우울해 뵈는 커다란 두 눈구멍, 어느 때는 장밋빛이다가 또 어느 때는 창백한 피부, 근심 어린 눈동자, 말이 없을 때는 입맞춤이라도 기다리는 양 좁게 다물어진 입… 예복 같은 옷차림과 헝클어진 머리….(《사실대로》, IV, 924~925)

1895년, 그녀는 마들렌 르메르의 집에서 열린 그의 〈화가들의 초상〉 강독회에 참석한 바 있는데, 《클로딘의 부부생활》에서 그를 "귀여운 아첨꾼"이라거나 "젊고 귀여운 문학 소년"으로 묘사하며 그리 살갑게 대하지 않았다. 사실 "젊고 귀여운 문학 소년"이라는 표현도 콜레트가 원고에서 "젊은 유대 문인"이라고 말한 것을 윌리가 누그러뜨린 것이다.(I, 427과 1351)

하지만 프루스트의 친구이자 콜레트의 친구이기도 한 루이 드 로베르의 권유로 그의 소설을 읽어본 그녀

콜레트와 함께하는 여름

는 〈콩브레〉[21]에 매혹되었다. 훗날, 1950년에, 그녀는
앙드레 파리노의 질문에 이렇게 대답하게 된다. "(…)
내가 맛본 열광과 예찬의 마음이, 어쩌면 그가 내게 불
러일으켰을지도 모를 다른 모든 감정을 대체해버렸
죠."(MV, 218) 이미 1926년의 오마주에서 그녀는 이렇게
털어놓았다. "참으로 대단한 발견이다! 다시 열려 설명
되는, 분명하면서도 아찔한 현기증을 안겨주는, 유년기
와 청소년기의 미로…. 우리가 쓰고 싶어 했을 테지만,
감히 쓰지 못했고 쓸 줄도 몰랐던 모든 것, 자기 자신
의 풍요로움에 당혹한, 긴 물결 위에 비친 우주의 그림
자….(IV, 925)

　　콜레트는 아직 《클로딘의 집》, 《시도》, 《날의 탄생》
의 작가가 아니었지만, 두 사람의 글쓰기는 이미 여러
유사점을 내포하고 있었다. 일인칭 소설이라는 점이
그렇고, 감각·기억·은유 등의 측면에서도 그렇고, 사람
들이 오늘날 *팩션autofiction*이라고 부르는 그 형식 면에
서도 그렇다. 아마 그들은 둘 다 자신이 이 형식의 발

---

21 프루스트의 《잃어버린 시간을 찾아서》의 제1권 1부 제목.(―옮긴이)

명자라고 주장할 수 있을 것이다. 《방랑하는 여인》이 발표된 뒤, 시도는 딸에게 이렇게 썼다. "한데 이건 자서전 아니냐! 그걸 네가 부인할 수는 없을 거야. (…) 정말 네가 그토록 괴로웠는데도 그것에 대해 내게 한마디도 하지 않았던 거니?"(LC, 404) 혼란은 어쩔 수 없다. 《방랑하는 여인》부터 1인칭 형식이 불가피해지고, 여주인공 이름이야 콜레트가 아니라 르네 네레라 하더라도, 픽션과 자기 이야기가 긴밀하게 뒤엉키기 때문이다.

가장 프루스트적인 콜레트의 책은 《날의 탄생》이다. 이 책에서 화자는 저자와 이름이 같으며, 자신의 추억들, 자신의 인상들에 꾸며낸 이야기, 즉 이웃에 사는 두 젊은이의 연애담을 덧붙여 전적으로 자유롭게 짜나간다. 〈라 르뷔 드 파리〉에 연재소설로 발표된 이 작품 서두에는, 《클로딘》에서부터 《파란 등대》에 이르기까지, 콜레트의 전 작품에 대한 이상적 요약이라 할 프루스트의 한 문장이 제사題辭로 인용되어 있다. "이 '나'는 나이기도 하고 어쩌면 나가 아니기도 하다…."(III, 1394) 아마 콜레트가 기억을 더듬어 적은 듯, 이 인용문은 원문 그대로가 아니다. 이 책을 단행본으로 출간할 때는

콜레트와 함께하는 여름

위 제사를 책의 본문에서 뽑아내 고쳐 쓴 문장으로 대체했다. "내 책을 읽을 때 여러분은 내가 나의 초상화를 그린다고 생각하는가? 참으시라, 그는 다만 나의 모델일 뿐이다."(III, 275) 콜레트는 적어도 베르트랑 드 주브넬과의 관계를 예고한 소설 《셰리》 이후부터는, 문학이 삶을 앞서간다는 것을 알고 있다.

콜레트와 마찬가지로, 프루스트도 콜레트에게 빠져든다. 콜레트의 소설 《미추》는 뮤직홀 연예인과 외박 나온 신병 대위의 실패한 사랑 이야기다. 프루스트가 《되찾은 시간》에서 그리게 될 후방의 풍속화를 미리 예시하는 듯한 이 작품을 읽은 후, 그는 그녀에게 이렇게 쓴다. "오늘 저녁, 저는 참으로 오랜만에 처음으로, 눈물을 좀 흘렸습니다. 한동안 제가 슬픔과 고통과 권태에 짓눌려 있긴 했습니다. 하지만 제가 눈물을 흘린 건 그 모든 것 때문이 아니라, 미추의 편지 때문입니다."(II, 1513) 미망에서 깨어난 그녀의 마지막 편지 얘기다. 그는 이 소설의 부제 '정신은 어떻게 젊은 여자들에게 오는가'에 전적으로 동의하며, 미추가 "신병 대위보다 더 똑똑한" 사람이라고 생각한다. 나중에 그는 콜레트에게 《꽃핀 소녀들의 그늘에서》를, "경이롭고 감동어린 마음으로 미추를 추억하며"라는 헌사와 함께 보낸다.

그렇다, 이 두 사람, 프루스트와 콜레트는 서로를 인정했다. 경이로운 1870년 세대 중에 두 사람을 가깝게 하는 것, 그것은 어렴풋한 추억과 과거가 주는 감동이다. 1939년에 콜레트는 오랜 세월 떠나 있다가 우리가 살았던 곳으로 되돌아가는 문제, 마치 다른 곳으로 들어서듯 우리 자신에게 되돌아가는 귀환歸還 문제를 다룬 불안한 단편 〈비의 달〉에서 그것을 이렇게 상기한다.

나는 큰 희생을 치르고서, 내게는 과거의 유혹이 미래를 알고자 하는 갈증보다 더 격렬하다는 것을 느낄 시간을 가졌다. 현재와의 단절, 과거로의 회귀, 그리고 지금까지 몰랐던 새로운 어떤 과거 조각의 갑작스러운 출현 등, 우연히, 혹은 인내 끝에 내게 주어지는 그것들은 그 무엇과도 비교할 수 없는 충격을 수반하는데, 이에 대해 나는 이치에 맞는 어떤 정의도 내릴 수 없다. 마르셀 프루스트는 훈증燻蒸의 푸르스름한 구름과 한 장씩 그에게서 떨어져 날아다니는 페이지들 틈에서

콜레트와 함께하는 여름

천식으로 헐떡거리며, 흘러간 시간을 추적했다. 미래를 사랑하는 것은 작가들의 역할도 아니고, 그들이 잘할 수 있는 일도 아니다.《호텔 방》, IV, 66)

프루스트와 콜레트는 유년의 세계를, 감각의 소재를, 기억이 주는 감동을 프랑스 문학에 선사했다.

32
"우리의 위대한 말의 마법사"

"레아, 이것 내게 줘, 당신의 진주 목걸이 말이야! 내 말 듣고 있어, 레아? 당신 목걸이를 내게 달라고!"

하지만 장갑 철판처럼 어둠 속에서 번쩍거리는, 구리 세공이 된 커다란 연철 침대에서는 아무 대답도 없었다.

"당신 목걸이, 이걸 내게 주지 않을 이유가 있을까? 나에게도 잘 어울리는데, 당신보다 내게 더 잘 어울리는 것 같아!"

잠금쇠 딸깍거리는 소리에, 침대 가장자리의 레이스가 흔들렸고, 가는 손목을 지닌 우아한 두 맨팔이 권태로운 아름다운 두 손을 치켜올렸다.

"셰리, 그것 좀 그만 내버려 둬, 많이 갖고 놀았잖아."

"재미있어서 그래…. 내가 훔쳐 갈까 봐 겁나나 보지?"

햇살이 스며드는 장밋빛 커튼 앞에서, 시커먼 형상의 그가 마치 가마솥 안의 귀여운 악마처럼 춤을 추었다. 하지만 침대 쪽으로 물러나자, 그는 다시 사슴 가죽 신발에 비단 잠옷을 걸친, 온통 새하얀 모습으로 변했다.

"겁나서가 아냐"하고 침대에서 부드럽고 나지막한 목소리가 대답했다. "목걸이 줄에 자꾸 부담을 주니까 그러지. 진주들이 무겁거든."

"정말 무겁군"하고 셰리가 알겠다는 듯이 말했다. "당신에게 이 가구를 선물한 이가 당신을 놀렸던 게 아니네."(II, 719)

《셰리》의 이 도입부는 1920년에 콜레트를 대작가의 반열에 올려놓았다. 소설이 발표된 직후, 앙드레 지드는 그녀에게, 조금은 거만한 어조로 이렇게 썼다. "내가 당신의 책에서 특히 좋아하는 것, 그것은 간결함, 그 무의無衣, 그 적나라함이에요. 벌써 다시 읽고 싶은 마음이 드는데, 겁이 나는군요. 그랬다가 덜 좋은 느낌이 들면 어쩌나요! 이 편지를 서랍 속에 넣기 전에 얼른 부쳐야겠어요."(II, 1548) 말을 너무 많이 했을까 봐, 너무 앞서나갔을까 봐 겁을 내는 눈치다.

이 페이지는 곧바로 스타일의 한 전형으로 취급된다. 1929년에 마르셀 베르제르라는 이는 크리티쿠스라

는 필명으로(콜레트는 그의 글을 "천일조화"에 포함했다), 이 스
타일에 대한 자세한 분석을 〈라 르뷔 몽디알〉(1929년 8
월 15일, 409~418)에 실었다. 크리티쿠스는 콜레트의 책
이 서점에서 잘 팔린다고 해서 그녀가 혁신적인 스타
일 창조자라는 사실이 부인되는 건 아니라고 말하며,
이렇게 묻는다. "(…) 재능이 만장일치로 널리 인정받는
다고 해서, 그것이 곧 그 명성에 뭔가 좀 과장된 게 있
다고 가정하게 하는 약점이 되는 걸까요?" 천만에, 그
가 보기에 "콜레트의 작가적 재능"은 《셰리》의 도입부
에서부터 대화의 형태로 모습을 드러낸다. 저자의 설
명이나 등장인물 소개 하나 없이, 가족적 내밀함 속에
서 시작된 그 주고받는 말들을 통해서 말이다.

"어느 침실. 틀림없이… 지금 막 사랑을 나눈 듯한
두 사람. 남자가─웃기려고 하는 행동인지는 모르겠으
나─ 아마도 그보다 나이가 더 많은 듯한 여자에게, 그
녀의 목걸이를 요구한다…. 이런 게 소설이다! (…) 자
신을 빌려주는─혹은 자신을 파는─청춘의 모든 드라
마가 이미 여기에 있다."

지드와 마찬가지로, 크리티쿠스도 단계들을 생략해

버리는 그녀의 간결함을 예찬한다. 콜레트는 잠금쇠를 딸깍하고 열었다고 쓰지 않고, "잠금쇠 딸깍거리는 소리에"라고 적는다. 이런 생략들은 독자의 지성에 대한 신뢰에서 나오며 이야기에 더 많은 힘을 부여한다.

크리티쿠스는 이 첫 페이지를 장식하는 "시각적 묘사들", "빛의 자취들", "화가의 터치들"에 주목한다. 예를 들면 사랑과 전쟁의 이미지를 연상시키는 묘사, "장갑 철판처럼 어둠 속에서 번쩍거리는, 구리 세공이 된 커다란 연철 침대" 같은 것이 그렇다. 그는 콜레트를 "영화예술의 거장"으로 여긴다. 셰리의 무례한 실루엣이 커튼을 배경으로 시커멓게 도드라지는 장면에서, 카메라를 셰리에게서―그의 망막 감각에서―레아 쪽으로 이동시키는 수법이 바로 그렇다. 콜레트는 영화를 잘 알며, 프레임 구성, 클로즈업, 몽타주의 기법을 응용한다.

그는 이렇게 결론짓는다. "그녀는 그런 걸 어떻게 해내는 걸까? 오랫동안 사람들은 그저 타고난 놀라운 재능이라고만 믿었다. 하지만 그녀에게 한번 물어보시라. 그녀가 당신에게 그런 일을 어떻게, 얼마나 하는지 말해줄 것이다. 그녀가 자부심을 맛보며 해방되는 그 고통스러운 진짜 노동, 가끔은 그녀가 《날의 탄생》이 출간되었을 때 어느 절친에게 털어놓았듯, '주옥같은 글을 몇 쪽' 썼다는 만족감을 느끼며 해방되는 그 노동 얘기를 말이다."

1920년에 〈라 누벨 르뷔 프랑세즈〉에 《셰리》 서평을 썼고, 1923년에 〈레 누벨 리테레르〉에 《청맥》 서평을 썼던 벵자맹 크레미외는 콜레트가 "이제껏 없었던 여류 산문을 우리 문학에 도입한 작가"라고 말한다.(II, 1552) 그녀 이전에는 여자들이 "남성적으로 글을 썼다." 그녀는 "프랑스 여류 산문의 진정한 창조자"로서, "물 흐르는 듯하고, 자발적이고, 감각적이고, 요염하고, 뜨겁고, 자연스러운 산문의 첫 번째 전형을 제공했으며, 이에 비하면 남자들의 산문은 아무리 음악적이고 직접적인 글이라도 머리를 짜낸 작위적인 산문처럼 보인다." 이로써 그녀는 "스타일에 이전까지 몰랐던 여러 새로운 가능성을 열었다."(II, 1706~1707)

폴 르부의 예찬은 절대적이었다. 그는 1925년에 이미 《콜레트 혹은 스타일의 천재》라는 책을 발표했으

콜레트와 함께하는 여름

며, 1930년에는 그녀의 작품을 우호적으로 패러디한 글(〈…의 방식으로〉, 다섯 번째 시리즈, 1950년)로 그녀에게 경의를 표했다. 그리고 페르낭 방데랑은 《이 기쁨들…》이 출간되고 나서, 그녀를 "우리의 위대한 말의 마법사"라고 부른다.(〈캉디드〉, 1932년 2월 11일)

1941년에 지드는 《벨라-비스타》를 읽고서, 더는 그 어떤 거리낌도 드러내지 않는다.

지나치다 싶을 만큼 맛깔나는 언어…. 아! 콜레트의 글쓰기 방식이 이리도 내 마음에 들다니! 단어들의 선택이 얼마나 확실한가! 얼마나 미묘한 뉘앙스 감각인가! 이 모든 것을, 라퐁텐의 방식으로, 장난하듯이, 손을 대는 듯하지도 않게 해내다니, 이는 절차탁마의 성과, 탁월한 성과다.

"나는 의욕 없이 시작한, 결정하지 않고 방치한 일 앞에 꽤 침울한 표정으로 앉았다." 이 "이 결정하지 않고 방치한"은 분명 일반 독자로서는 알아차릴 수 없을 만큼 은밀한, 의도의 불가사의이며, 이런 것이 나를 매료시킨다.(《일기》, 1941년 2월 11일)

이 "결정하지 않고 방치한"에서(III, 1140) 지드는 생시몽의 제자를 보는데, 그녀가 생시몽의 세계에 입문한 것은 시도 덕분이었다. "어머니는 생시몽의 책 스무 권을 머리맡에 두고 밤마다 번갈아 가며 읽었다. 어머니는 거기에서 늘 새롭게 되살아나는 기쁨을 맛보았고, 여덟 살 난 내가 그 책들을 모두 공유하지 않는 걸 놀랍게 여겼다. 그녀는 내게 '너는 왜 생시몽을 읽지 않니?'라고 물으며 말했다. '아이들이 흥미로운 책을 고르기까지 시간이 어느 정도 걸리는지 알아보는 것도 재미있겠어!'"(II, 989) 어쨌든 이 생시몽 타령은 그녀의 뇌리에 깊이 각인되었던 것 같다.

콜레트와 함께하는 여름

33

나치 독일의 프랑스 점령

1941년 4월 18일, 콜레트는 〈라디오-파리〉 방송에 출연하여, 갓 출간된 자신의 소설 《쥘리 드 카르넬앙》에 대해 말하고, 집단 탈출에 대해 말한다. 그녀의 모습은 밝다. 1940년 9월에 파리로 되돌아온 이후부터 늘 기분이 좋다. "난 즐겁게 잘 지내요. 할 수 있는 만큼 일도 많이 하고, 누구에게도 아무것도 요구하지 않아요."

정치적 주변머리가 없는 콜레트는 1937년에, 파시즘에 동조하는 인물로 알려진(또한 그가 1932년에 《이 기쁨들…》의 연재를 중단시킨 장본인임에도 불구하고) 오라스 드 카르부치아의 주간지 〈그랭구아르〉에 《벨라-비스타》를 연재한다. 뮌헨 협정이 체결되기 전, 수데티 위기[22]

---

22 1938년 9월, 독일이 체코의 주데텐(수데티)에 거주하는 300만 명의 독일인을 해방한다는 명분으로 체코를 점령한 사건.(—옮긴이)

로 프랑스가 군 동원령을 내렸을 때인 1938년 9월, 그녀는 친구 르네 아몽에게 이렇게 털어놓는다. "너는 히틀러를 어떻게 생각하니? 정오에 귀리 플레이크만 먹고 저녁에는 어쩌다 달걀 하나를 먹는 채식주의자라던데…. 사랑도 하지 않는 분이래, 남자들과도 말이야…. 재미있는 코미디언 같아!"(LPC, 56)

그녀가 이념을 늘 경계한 건 사실이다. 1938년 11월의 어느 한담에서, 그녀는 "(…) 나와는 참 어울리지 않는 세 가지 장신구가 있는데, 깃털 장식이 있는 모자, 대의大意, 그리고 귀걸이다"라고 말한다.(PP, 213) 그녀가 언론사를 바꾸는 것, 예컨대 1938년 6월에 〈르 주르날〉을 버리고 팔레 루아얄의 이웃인 장 프루보와 피에르 라자레프의 〈파리 수아르〉로 옮겨가는 것이나, 프루보가 소유한 다른 언론사 〈마리 클레르〉와 〈마치〉에 협력하는 것 등은 모두 무슨 꿍꿍이가 있어서가 아니다. 나치의 프랑스 점령기에 그녀가 저지른 몇몇 무분별한 언행은 무관심 혹은 무분별 때문이라고 할 수 있다.

1941년에 쓰인 《쥘리 드 카르넬앙》은 또다시 〈그랭구아르〉에 여름 내내 게재되는데, 이제는 비시 체제의 묵인하에서다. 이 소설에서 우리는 눈치 있는 독자라면 누구나 주브넬임을 알 수 있는 에르베르 데스피방이라는 인물과 그의 옛 부인 쥘리가 나누는 다음과 같은 대화를 읽게 된다.

"게다가 이제 곧 전쟁이 터질 텐데…."

"어머나!"하고 쥘리가 말했다.

"이게 놀라운 소식이야? 당신은 신문도 안 읽어?"

"삽화가 있는 신문만 좀 봐. 내가 '어머나!'라고 한 건, 점쟁이에게서 곧 전쟁이 터질 거라는 얘기를 들었기 때문이야."

"전쟁이 주는 느낌이 그게 다야?"

"응"하고 쥘리가 말했다. "우리가 전쟁에서 이기면 기쁘고, 죽을 일이 있으면 죽는다는 것만 알면 되지."

데스피방은 부러운 눈으로 그녀를 바라보았다.

"어쩌면 그것이 끔찍한 전쟁이 될지도 모른다는 생각은 안 해봤어? 다른 전쟁보다 더 끔찍한?"

그녀는 관심 없다는 듯한 몸짓을 하며 말했다.

"전쟁에 대해 그리 골똘히 생각하지 않아. 전쟁에 대해 생각하는 건 여자들 일이 아니잖아."(IV, 265)

이때만 해도, 데스피방의 두 번째 부인인 "약간 유대인 같은 창백한 피부"를 지닌 부유한 마리안의 초상화는 당대의 상투화를 그대로 따르고 있다.(IV, 299)

수년 전부터 콜레트는 신문이나 라디오 방송에서 특히 여성들을 대상으로 말한다. 〈마리 클레르〉의 여러 호를 맡아 이끌며, 1939년부터 1940년 5월까지 신상 상담란에 응답해준다. 집단 탈출에서 돌아와서는, 1940년 10월에서부터 1941년 12월까지, 페탱Pétain파 주간지 〈르 프티 파리지앙〉에 시평을 싣는다. 그녀는 "자신의 친애하는 여성들"을 대상으로, 추위라든가 가난, 고독 등, 일상생활 문제들을 다루면서, 요리법을 패러디하여 식량 부족 문제를 비꼬기도 한다. "달걀을 8~10개 넣으세요… ─ 그걸 누가 주죠?"(IV, 586) 가난한 사람들의 요리법, 예컨대 대성공을 거둔 플로냐르드 요리법 같은, 생존에 필요한 여러 가지 실용적인 조언을 해주고,(IV, 616) 고기를 치즈로 대체한다거나,(IV, 587) 렌즈콩이나 말린 강낭콩은 밤으로 대체하도록 권하기도 하지만,(IV, 588) "전쟁 전의 오렌지들"을 맛보지 못하게 된 데 대해서는 유감을 표하기도 한다.(IV, 688) 그녀

콜레트와 함께하는 여름

의 이 기사들 모음집은 1942년에, 칼망 레비 출판사의 아리아족 분신 격인 아름 드 프랑스에서 '나의 창가에서'라는 제목으로 출간되었고, 1944년에는 스위스에서 '나의 창가에서 본 파리'라는 제목으로 출간되었다. 콜레트는 돈이 필요했고, 그래서 《거꾸로 쓰는 일기》(파야르)라든가, 《나의 수첩》과 《순수와 비순수》(아름 드 프랑스) 등, 1941년에 많은 책을 출간한다.

　하지만 전쟁이 다시 그녀를 따라잡는다. 그녀의 남편 모리스 구드켓이 1941년 12월 12일, 유력인사 일제 단속 때 체포되어, 콩피에뉴 근처의 루아얄리유 수용소로 끌려간다. 콜레트는 1942년 2월 6일, 두 달여간 불안에 떨다가, 대사의 아내인 오토 아베츠 부인과 파리 독일문화원 원장 카를 엡팅의 도움으로 그를 수용소에서 구출해내는 데 성공한다. 구드켓은 6월에 자유지역으로 빠져나와 12월에 파리로 되돌아오지만, 밤에는 아파트를 떠나 여러 지붕 밑 다락방들을 전전하며 숨어지낸다.

　남편이 유대인이라는 사실은 독일 점령기 동안 콜레트가 보인 태도에 많은 영향을 끼쳤던 게 분명하다.

일단 그가 석방되고 나자, 그녀는 자기 글은 많이 쓰지 않는 대신 여러 가지 보증을 선다. 즉 1942년 3월 3일 프랑스의 모든 초등학생을 대상으로 단결을 호소하는 받아쓰기용 글 "셋… 여섯… 아홉…"을 쓰고, 〈르 프티 파리지앙〉에 자신의 이사 이력에 관한 글을 연재하고, 1942년 11월 26일 자 〈라 제르브〉에는 그녀를 독일 부역자처럼 보이게 만든(〈레트르 프랑세즈〉의 눈에는 그렇게 비쳤다) 기사 "나의 가난한 부르고뉴"를 싣고, 1944년 4월에는 사샤 기트리의 문집 《잔 다르크에서 필립 페탱까지》에 발자크에 대한 오마주를 싣는다.

하지만 발자크에 관한 콜레트의 이 아름다운 글이 인용하는 작품들은 《궁녀들의 영광과 불행》, 《사라센 여인》, 《황금 눈동자를 가진 아가씨》, 《사막의 연정》 등, 비시 체제의 도덕 질서와 가장 화합하기 어려운 작품들이다….(〈독서〉, OCF, XV, 343~347) 대독 협력 정책 동조자들은 바보가 아니었고, 그녀에게 이렇게 경고한다. "우리는 당신들의 퇴폐 문학이 지겹습니다. 《클로딘》이니 《천진난만한 탕녀》니 하는, 지난날의 그런 타락한 작품들을 우리는 더는 원하지 않습니다. (…) 그런 건 다 유대 예술이죠! 하느님의 은혜로, 이제 국가 혁명이 그 모든 걸 바꾸게 되었습니다! (…) 페탱 원수 만세!"(1941년 10월 6일, LMT, 219)

콜레트는 별 어려움 없이 프랑스 해방을 맞이했고—아라공은 그녀를 "가장 위대한 프랑스 작가"(IV, XIV)로 보았다—,《개밥바라기》에서 자신의 작은 고향, 자신의 동네, 섬처럼 고립된 작은 구역 내에서의 저항을 이렇게 강조했다.

> 자신의 지하 창고, 자신의 집, 자신의 침대를 내주지 않은 누가 있는가? 어느 고미다락방 세입자는 내게 너무나 소중한 한 유대교도—그의 14~18년 복무기록 카드도 그가 콩피에뉴 수용소로 가는 것을 막지 못했다—에게 이렇게 제안했다. "그들이 다시 당신을 붙잡으러 오면 빗장이 없는 내 방으로 뛰어오시오, 자, 걸어보세요, 부끄러워하지 마세요, 나와 함께 내 침대 속으로 기어들어 갑시다! 이런 데까지 당신을 찾으러 올 생각은 절대 하지 못할 거예요!"(IV, 777)

34

팔레 루아얄의 노파

이제 나는 파리 한가운데, 아주 한가운데에 있는 이 창가 구

석 자리를 떠나는 일이 별로 없다. 내가 고통 속으로 빠져드

는 파리를, 파리가 슬픔과 모욕으로 새까맣게 되고, 그러면서

도 날이 갈수록 점점 더 자신을 허락하지 않는 모습을 지켜본

건 오직 이 구석 자리를 통해서다….

나는 우리의 팔레 루아얄이 이미 전쟁 전에도, 진짜 시골에는

없는 온화함과 연대 의식이 있는 하나의 작은 시골이었음을

확인하고 이를 즐겨 되뇐다. 전쟁은 한 줌 주민들을 한 덩어

리의 친구들로 만들었다.(IV, 777)

전쟁이 끝나고, 생의 만년을 보내는 동안, 콜레트는

"팔레 루아얄의 노파"가 된다. 콕토가 한 말인지 모리

악이 한 말인지는 모르겠으나, 어쨌든 어느 신랄한 지

지자의 악의 어린 침針 같다. 콜레트는 살아서 성인품에 오른다. 1945년 5월 아카데미 공쿠르에 만장일치로 선출되고, 1949년에는 의장이 되며, 1948년부터 그녀의 《전집》 출간에 착수한 모리스 구드켓의 주도로 숭배의 여신이 되어간다. 관절염 때문에 점점 더 움직이지 못하는 신세가 되지만, 1953년에는 그녀의 80세를 기리는 오마주들이 줄을 잇는다.

그런 길 트기는 이미 오래전부터 시작되었다. 콜레트의 이미지는 1차 대전 전후로 변했다. 《클로딘》의 저자, 반항아, 가슴을 드러낸 무용수, 윌리의 이혼녀인 연극인이자 미시의 정부였던 여자가 "마담 콜레트"가 된다. 프랑시스 카르고, 조르주 뒤아멜 등, 새로운 작가 세대는 그녀를 스승으로 우러러보았고, 반면에 지드라든가 프루스트 등 그녀의 동시대 주요 작가들은 점점 흐려져 간다.

콜레트 최고의 작품들은 두 차례의 대전 사이에 씌었다. 프루스트가 감동한 《미추》에서부터, 《셰리》, 《클로딘의 집》, 《청맥》, 《셰리의 종말》, 《날의 탄생》, 《시도》 등을 거쳐 《암고양이》에 이르기까지, 걸작들이 중단없이 쏟아져나왔다.

콜레트는 전선을 몇 차례 방문하기도 하고 이탈리아에 체류하기도 하면서, 1차 대전을 후방에서 다른 누구보다도 잘 이해했다. 《미추》에서, 신병 대위는 속이 텅 빈 자신의 삶을 귀여운 배우 미추의 삶과 비교한다.

내 방도 가구가 여기보다 더 잘 갖추어져 있지 않다는 걸 아시오? 미추, 우리 스물네 살 청년들은 고등학교 문을 나서자마자 전쟁판에 끌려왔어요. 전쟁이 우리를 어른으로 만들었고, 그래서 우리는 잃어버린 그 젊은 시절을 영원히 그리워하게 될 겁니다. 우리에겐 말이오, 목소리와 몸짓의 균형을 배우고, 자유와 가정의 습관을 익힐 수 있는 시간, 심한 두려움이나 잡아먹힐 거라는 환상 없이 여자들에게 다가갈 수 있는 그 소중한 시간이 영원히 사라져버린 거죠. 늘 우리의 욕망이나 우리의 돈만 생각하지는 않는 여자들에게 말입니다….(Ⅱ, 683)

젊은 남자와 성숙한 여인을 주제로 한 성숙기의 대작 《셰리》는 콜레트식 《골짜기의 백합》 혹은 《감정 교육》이요, 베르트랑 드 주브넬과의 만남의 서곡이라 할 수 있는 작품이다. 모든 위대한 작가에게 그렇듯이, 콜레트에게도 문학과 삶은 불가분의 관계이기 때문이다. 콜레트는, 비록 아직 자신이 양식과 충돌을 빚기는 하지만, 자신이 쓴 것이 한 편의 걸작임을 안다.

내가 레아의 가슴 위에 재우던 그 "못된 젖먹이"가 칭찬만 받았던 건 아니다. 남자들, 특히 젊음이 떠나버린 남자들이 그에게 냉혹했다. 노쇠 병이 가장 심한 이들은 차분하고 사심 없는, 하늘에서 떨어지는 훈계의 말들을 아낌없이 베풀었다. 그들 중 어떤 이는 이렇게 말했다.

"이보시오, 대체 어쩌자고 당신의 셰리 같은 그런 이례적인, 솔직히 말해, 참 이상야릇한 인물로 우리의 관심을 끌려고 하는 거요? 그리고 그 세계, 그 창녀들의 세계… 그…."

나는 모닥불에 던져진 알밤처럼 반응하지 않고, 그저 아무 말 없이 듣기만 했다. 고결한 남성적 무능이 하나뿐인 사랑에 휩쓸린 연인을 "창백한 기둥서방"이나 "동성애자" 취급하는 걸 받아들였다. 난생처음으로 나는 내가 얼굴을 붉히지도 의심하지도 않을 소설, 탄생과 더불어 주변에 지지자와 적을 집결시킬 소설을 한 편 썼다는 내밀한 확신을 느꼈다.(IV, 843)

어쨌든 그녀의 《무덤 저 너머의 회상》 혹은 《수상록》이라 할 수 있을 책 《개밥바라기》에서, 그녀는 그렇게 관찰한다.

그녀는 이 작품이 출간되기 전부터, 말하자면 1920년 5월 프루스트에게 《셰리》의 교정쇄를 보낼 때 이미 자신만만한 태도를 보인다. "이건 제가 여태 한 번도 쓰지 않은 소설이에요. 다른 소설들은 이미 한두 번 쓴 것들이고요. 말하자면 《방랑하는 여인》들이나 다른 《족쇄》들은 늘 어느 정도 클로딘들의 물결을 되풀이했다는 거죠." (LSP, 38)

《청맥》은 1923년에 〈르 마탱〉에서 연재가 중단되고, 《이 기쁨들…》은 1931년에 〈그랭구아르〉에서 연재가 중단된다. 청년과 나이 많은 부인 간의 성애, 동성애, 성도착증, 젠더 혼란 등의 문제 때문이다. 하지만 콜레트는 점점 더 사회에 동화되는 모습을 보인다. 《클로딘의 집》과 《시도》는 그녀를 시골과 가정의 기수로 만들며, 세기말의 방종한 파리 여인이라는 전설을 걷어낸다.

훗날 콕토는 변함없이 악의적으로, 혹은 인색하게, "콜레트의 삶. 스캔들이 꼬리에 꼬리를 문 삶. 그러다

콜레트와 함께하는 여름

모든 것이 뒤집히고 그녀는 우상의 반열에 오른다"라고 적는다. 1953년 2월, 80회 생일을 맞이하여 그녀가 레종도뇌르 2등 훈장 패용자로 추서되었을 때다. "그녀는 자신의 팬터마임 인생을, 미용학원 인생을, 늙은 레즈비언 인생을 최고조의 존엄 속에서 완성한다"라고도 했다.(《단순 과거》, 2권, 1985년, p. 45) 그러는 그는?

35

"작가들의 부업"

아주 일찍부터, 콜레트라는 브랜드, 콜레트라는 상회商會가 있었고, 그녀는 그것을 부끄러움 없이 이용했다. 윌리는 그녀에게 광고술과 '파생 상품' 마케팅을 가르쳐주었다. 《클로딘》 연작의 판촉은 가상의 저자가 자신의 *쌍둥이*, 즉 콜레트와—무대에서 클로딘을 연기한—그녀의 분신 폴레르를 거느린 모습을 담은 우편엽서의 도움을 받았다.

《클로딘의 학교생활》에서 "더러운 파란 눈의" 장학관은 학교 방문 때 클로딘을 붙잡는다. "내가 검은 드레스에 착용하고 있던 주름 있는 커다란 흰 카라렛" 때문이다. "그것은 내가 좋아하는 단순한 것이었지만, 그가 나의 옷차림을 지독하게 비난받아 마땅하다고 여기기에 충분할 만큼 예뻤다."(I, 102~103) 바로 이것이 120년이 지난 지금도 여전히 같은 이름으로 불리고 있는 "클로딘 카라"의 기원이다.

콜레트는 여러 직업을 가졌다. 사람들은 무대에 선 이 작가를 보러 갔고, 뮤직홀 출구에서 그녀의 책을 구매했다. 그녀의 소설들은 연극 작품으로 만들어졌고, 더러는 그녀 자신이 클로딘이나 레아 같은 작중 배역을 맡아 순회공연을 하면서 공연에 관음증의 매력을 추가했다.

그녀는 주문을 받아 글을 쓰는 것도 망설이지 않았다. 1927년 3월 1일 〈파리-수아르〉의 한 설문조사에 그녀는, "작가는 할 수만 있다면 홍보에 힘써야 한다"라고 응답한다. 예를 들면 1925년에 그녀의 생-소뵈르 저택을 취득하여 그녀에게 용익권을 제공한 리옹의 견직물업자를 위해 쓴 글이 그렇다.(OCF, XV, 355~357) 또 1929년에는, 5년 전에 그녀에게 회춘 요법을 처방해준 의사 자보르스키의 책《회춘하는 법》의 띠지 문구―"다시 젊어지는 것이 아니다. 이전보다 더 젊어지는 것이다"―를 쓰기도 한다.(III, XIV)

하지만 그녀가 어느 때보다 힘겹게 생계를 꾸린 것

은 1930년대다. 경제 위기의 여파로 구드켓의 진주 사업이 파산지경에 이르자, 콜레트는 돈벌이에 아득바득하는 태도를 보인다. 그녀의 책들은 모두 신문이나 잡지에 먼저 연재되었고, 그 후 애서가들을 위한 삽화 판으로 출간되었으며, 그중 많은 작품이 극화되거나 영화화되었고, 그녀는 자신의 원고들까지 팔아치웠다. 1933년에는 레오폴드 마르샹의 아내에게 "돈 벌기가 참 힘들군요"라고 쓰고, 마르샹은 그녀가 소설 작품들에서 돈을 뽑아낼 수 있도록 돕는다.(LV, 233)

1932년, 그녀는 '콜레트'라는 브랜드의 화장품 생산에 뛰어들어 미로메닐 가에 미용학원을 연다. 주브넬의 친구인 앙드레 마지노 장관이 지원했지만, 이 계획은 장관이 자신의 이름을 빌려준 그 유명한 선(마지노선)보다 더 만족스러운 결실을 얻지 못했다. 그때의 일을 콜레트는, "그 당시에 이미 나는 향수와 몇몇 화장품 제조업의 선두에 있었다. 나의 상업적 열의는, 솔직히 말해, 그 어떤 성원도 받지 못했다"(IV, 933)라고 회상한다. 하지만 마지노는 그녀가 더는 "사치품 장사"를 할 생각이 없는 것 같다며 그녀를 비난했다.

"내가 당신이라면, 나는 확실하게 해나갈 겁니다. 이런 일을 어떻게 밀어붙여야 하는지 나는 너무나 잘 알아요. 나라면 가게 문에, 이렇게 쓸 거요…."

그는 두 팔을 활짝 펼쳤다. 그의 오른손은 땡그랑거리는 무스티에 요리 접시를 찾으러 벽 쪽으로 향했고, 오른팔 팔뚝 부분은 창문을 통해 홀 바깥으로 빠져나가 자갈 위에 그림자를 드리웠다.

"… 이렇게 쓸 거요—'내 이름은 콜레트이고 나는 향수를 팝니다!'".

나는 그의 이 12음절 시구에 갈채를 보냈다. 하지만 마지못해 짜낸 시 한 구절에 대한 기념으로, 겉표지에 '시인 앙드레 마지노에게'라는 헌사를 넣은 책이 과연 잘 될 수 있었을까? (IV, 933)

자본금 75만 프랑의 콜레트 유한책임회사가 설립되었고, 가게는 1932년 6월 1일에 문을 열었다. 콜레트는 코디네이터로 일했고, 사람들은 그녀의 메이크업을 받으려고 가게로 달려갔다. 여름 동안, 그녀는 생트로페 항구에 분점을 하나 열어 오후 끝 무렵에 거기에서 일했다. "자기 이름을 빌려주거나 판매"했다고 비난하는 이들에 맞서, 그녀는 〈보그〉에 자신의 이 같은 직종 변경, 혹은 '아바타' 증식을 옹호했다.(III, XXXI~XXXIII) 그녀는 글쓰기를 다른 일을 배제하는 직업으로 보지 않았다. 그녀의 가게에 걸린 콜레트 홍보 사진에는 이 전설적인 문구가 들어있었다― "귀하는 작가의 부업을 찬성합니까, 반대합니까?"(SME, 6)

"마임 배우에, 약간은 무용수, 또 약간은 곡예사"였고, 소설가이자 신문 기자였으며, 이제 "미용 제품" 생산자가 된 그녀는 "인간의 얼굴이라는 거대한 풍경을 아주 많이 바라본" 사람이었다. 훗날, 자신의 추억들을 담은 책에서, 그녀는 "인간의 얼굴은 언제나 나의 거대한 풍경이었다"라고 말한다.(IV, 932) 그래서, 외판원으로 돌아다니며 같은 대중 앞에서 자신의 작품 관련 강연도 하고 자신이 만든 제품의 실연實演 판매도 하지만, 가게는 대형 브랜드들과의 경쟁에서 밀려 1933년에 문을 닫았다.

콜레트는 막스 모피라든가, 프렝탕, 라 그랑드 메종 드 블랑 같은 대형 백화점, 그리고 럭키 스트라이크 담배, 포드 자동차, 디지털라인, 니콜라 포도주 등등을 위한 판촉 텍스트와 홍보 구호를 쓸 때 더 행복해했다. 예를 하나 들어볼까? 타반 시마 브랜드 제품인, 문자반이 패널 두 개로 보호되는 우아한 소형 스위스 시계, "라 캅티브(여자 포로)"를 홍보하기 위해 〈보그〉에 실은 이 감각적 광고 문구를 보라—"그녀는 가장 낭만적인 의미에서의 여자 포로다. 사람들은 그녀를 사고판다…. 그녀는 감각적이고 다루기 쉽다. 당신이 주인의 손으로 그녀를 압박하면, 그녀는 굴복하고, 베일 벗은 얼굴을 드러내고, 자신의 모든 비밀을 당신에게 넘겨주며, 그렇게 응해줄 때마다 매력이 하나씩 덧붙는다…."(III, 1588~1589)

전쟁 중에도 콜레트는 계속 고료를 벌고자 한다. "(…) 나는 보람 없는 작은 일, 오르세 향수를 위한 글을 쓰고 있다. 나는 늘 이런 일이 최대한의 주의와 정성을 요구한다고 생각했으며, 그래서 거기에 내 자존심을 건다." 그녀는 여전히 착한 학생이기 때문이다.(LPF, 94)

36

나이

1928년에 출간된《날의 탄생》은 나이에 관한 책이다. 콜레트는 쉰다섯 살에 어머니의 편지들을 다시 읽으면서, 시도의 노화老化만이 아니라 자기 자신의 노화와도 마주친다. "이제 나는 조금씩 초췌해지고, 거울 속에서 조금씩 그녀와 비슷해진다."(III, 278) 그녀는 생의 그러한 순간, 예컨대 "사랑이라는, 인생의 가장 큰 범사凡事 중 하나가 내 삶에서 물러나는" 순간을 서술한다.(III, 285) 콜레트는 시도의 편지라는 거울을 통해 나이를 먹는다. 그것은 그녀가 자신의 이 책, 두 젊은이가 나누는 사랑의 불장난이 삽입된 이 내밀한 에세이에 부여하는 의미이기도 하다.

얼마나 많은 이들이 노화가, 하늘에서 이탈하여 오랫동안 보

콜레트와 함께하는 여름

이지 않게 선회하다 떨어지는 독수리처럼 다가오기를, 성심껏 빌었을까? 한데 노화란 게 무엇인가? 그것을 알게 될 날이 올 것이다. 하지만 그것이 여기 있게 될 즈음엔 내 눈에 보이지 않게 되어버릴 것이다. 너무나 소중한 나의 연장자여, 당신이 내게 쓴 편지를 보면, 아무래도 당신은 노화가 무엇인지 내게 가르쳐주지 않고 떠난 것 같다─"내 동맥경화증에 대해서는 너무 걱정하지 마라. 많이 좋아졌어. 오늘 내가 아침 7시에, 나의 냇가로 나가 비누칠을 했다는 게 그 증거야. 황홀한 기분이었어. 맑은 물에 빨래를 헹군다는 게 얼마나 큰 즐거움이냐! 나무를 톱질해 여섯 개의 작은 나뭇단도 만들었단다. 집 청소도 다시 내가 손수 하는데, 정말 깨끗하게 해. 어쨌거나, 이제 겨우 일흔일곱 살이잖니!"

그날, 죽기 1년 전, 당신은 내게 그렇게 쓰고, 그 편지 속에서, 뒤로 넘긴 오만한 모자 같은 걸 덮어쓴 당신의 대문자 B와 T와 J의 곡선들은 기쁜 빛을 발한다. 그날 아침 당신은, 당신의 그 작은 집에서, 얼마나 부자였는가! (III, 296)

이미 《클로딘의 집》에서, 시도는 시트 위에 놓인 자신의 손을 바라보며, 늙는다는 것의 의미를 딸에게 설명한 바 있다.

"사람들은 무덤에 갈 때까지, 항시, 노화를 잊고 지낸다는 걸 너도 나중에 깨닫게 될 거야. (…) 나는 틈만 나면 이렇게 중얼거려. '등이 아파. 목이 끔찍이도 아프군. 식욕이 없어. 디기탈리스에 취해 구역질이 나! 난 곧 죽을 거야, 오늘 저녁이나 내일, 아무렴 어때…' 하지만 나이가 내게 가져다주는 변화를 늘 생각하지는 않는단다. 내가 그 변화를 헤아리는 건 손을 바라볼 때야. 눈 아래에서, 스무 살 시절의 그 어여쁜 손을 찾지 못해 깜짝 놀라곤 하지…."(II, 1052)

어머니의 편지들을 중심으로 짜인 《날의 탄생》은 콜레트가 《시도》보다 더, 시도를 드높이는 기념비 같은 작품으로, 이 책에서만 해도 콜레트 자신은 아직 나이라는 걸 모르고 있었다. 콜레트는 이로부터 25년 이상을 더 살게 되며, 끝까지 죽음이라는 것을 생각해 보지 않았다고 주장한다. 물론 "내 인생의 두 번째 절반이 내게 약간의 무게를, 이후에 닥칠 일에 대한 약간의 근심을 안겨주지 않을까 하는 생각에 이따금 죽음을 생각해 보려고는 한다…. 하지만 그것은 잠시의 환상이다. 나는 죽음에 관심이 없고, 나의 죽음도 마찬가지다."(III, 307) 그 얼마 후인 1931년, 그녀는 같은 연배의 마리 드 레니에게 이렇게 쓴다. "어쩌면 죽음에 대해 뜻이 좀 맞는 사람은 우리 둘뿐인지도 몰라요. 당신은 평정심 덕에, 나는 무관심 때문에요. 사실 나는 삶이 아닌 것에 대해서는 관심이 가지 않아요."(LP, 294)

하지만 그녀의 마지막 책들에는 죽음이 가득하다. 새벽 별 비너스가 석양일 때 갖는 이름인《개밥바라기》가 그렇고, 부드러워진 미광이 콜레트의 불면을 밝혀 주는《파란 등대》가 그렇고, 죽은 예술가들과 친구들을 위해 세운 무덤들의 갤러리인《사실대로》가 그렇다. 그녀는 "어느 점쟁이는 내게, 조용한 목소리로, 죽은 사람들은 죽었다는 사실 빼고는 산 사람들과 다를 바 없다고 했다"라고 말하며, 그 말을 믿고 싶어 한다.(IV, 927)

《개밥바라기》는 그녀의 "마지막 책"이어야 했으나, 그녀는 "계속 쓰는 게 힘든 만큼 끝내기도 어렵다는 것을 깨달았다"라고 고백한다.(IV, 966) 그래서 그녀는 다시 붓을 든다. 《개밥바라기》 이후에는 아무것도 쓰지 않겠다고 나 자신에게 다짐했으나, 회고록도 일기도 아닌 책을 벌써 2백 쪽이나 쓰고 있다." 그것이 바로 《날의 탄생》으로 시작된 삶에 대한 긴 글쓰기의 후속작이자 마침표인 《파란 등대》다. 콜레트는 자신의 만년은 "내가 가만 내버려 두면, 우울한 순례 같은 것이 되어버릴 것이다"라며, 마음을 좀 더 다잡고자 한다.(IV, 1001) "이 모든 게 그리 유쾌하지는 않다. 내가 나를 지키지 않는다면, 나도 여느 평범한 노인처럼 침울해질 것이다. 나는 나를 지키련다."(IV, 1002)

그녀는 어떻게 자신을 지키는가? 자신의 파란 등대로 지키고, 팔레 루아얄 정원으로 난 자신의 방 창문 아래에 놓인 긴 뗏목 의자로 지키고, 그녀가 누워서 글을 쓸 수 있도록 폴리냑 왕녀(위나레타 싱어)가 선물한 테이블 판으로 지킨다.(IV, 966) 또한 친숙한 물건들이 그녀를 보호하듯 에워싸고 있다. 그녀의 황화합물 컬렉션, "별 무리처럼 쌓인 메두사 모양의 유리 문진文鎭들"(III, 1016) 말이다. 청년 트루먼 카포트는 1947년 그녀의 집에서 본 꽃이 가득한 그 유리구슬들을 이렇게 예찬한다. "침대 양쪽 테이블 두 개를 뒤덮은 유리 문진들이 아마 수천 개는 있었던 것 같다."[23] 그것들은 그녀가 1914년 친구인 아니 드 펜과 함께 벼룩시장에서 산 것으로, 《이기주의적인 여행》(1928년)에서는 그것들이 이렇게 묘사된다. "(…) 유리 덩어리로 된 반구형 문진 중앙에, 별·장미·작은 다람쥐·해삼·오리 같은 형상이나, 돋보기로 보면 눈 결정체처럼 가지 무성한 6각형이 선명한 부분에 나타나 있는 베르렝고 사탕들이 꽃 무리처럼 몰려있다. 그것은 전체가 원색 색조의 문양으로 되어, 해저 풍경이나 프랑스식 정원, 비엔나 '아시뒬레' 항아리 등을 연상시키며, 가격은 천오백 프랑이다"(II, 1155). 당시에는 이런 실내 장식품, "(그것들의) 무용성 덕에 순수 예술과 연관되는", "오돌토돌한 작은 혹들, 영국 사탕과 확대 렌즈의 근친상간적 산물들"이 유행이었다.(II, 1156~1157)

1939년에 마지막 암고양이가 죽은 후 콜레트의 곁에 더는 동물들이 없으나, 불이 아직 남아 있다.

---

23 《개들이 짖는다》, 갈리마르 출판사, 1977년.

나의 소유물 전체를 통틀어, 이제 내게 남은 살아있는 동물은 불뿐이다. 그것은 나의 주인이고, 그것은 나의 작품이다. 나는 불을 보호할 줄 알고, 불을 구조할 줄 안다. 나는 불이 짚으로 번지거나 장작더미를 태우는 일 없이 활활 타오를 수 있도록, 불을 한가운데 두고 원형의 호壕를 두를 줄 안다. 나는 불이 짝수를 좋아하지 않는다는 것, 장작 셋이 둘보다 낫고, 일곱이 넷보다 낫다는 것, 그리고 다른 모든 동물이 그러듯, 그도 아랫배를 긁어주면 좋아한다는 것을 안다.(IV, 1058)

콜레트와 함께하는 여름

37

"문학 냄새가 코를 찌른다"

문학 이력을 쌓아가는 동안, 콜레트는 작가라는 직업은 자기 취향이 아니고 자신은 문학을 불신한다고 강조해 마지않았다. 그녀에게 글쓰기는 늘 지겨운 일이었고, 오직 생계를 꾸리기 위해 기쁨 없이 몰두한 활동이었던 같다. 적어도 그녀의 주장은 그러한데, 이는 일정 부분 태도와 관련된 문제임이 분명하다. 앙드레 파리노와의 인터뷰에서, 그녀는 문학에 대한 신랄한 비판을 거듭 쏟아낸다. 그가 《감정적 은퇴》의 한 단락을 인용하자, 그녀는 그에게 이렇게 쏘아붙인다. "나는 문학이라는 것을 점점 더 참기 힘들어요. 특히 나의 작품들에서 말이에요."(MV, 121) 그녀의 입에서 나오는 "문학"은 늘 경멸적 의미를 띤다. 몇 차례나 그녀는 파리노에게, "이봐요, 그건 정말이지 문학 냄새가 코를 찌

르는군요"라고 말한다.(MV, 113)

콜레트는 아주 일찍부터, 마을 축제 때 낭송하는 아버지의 "웅변조 산문"과 "헤픈 시문"에 반발했다. 소싯적부터 "언제나 형용사가 너무 많다니까!"라며 아버지에게 반기를 들었다.(《시도》, III, 517) 그러면서도 화려한 스타일에 대한 호감을 계속 간직했던 것 같다. 그녀의 서정적 표현을 비판한 윌리의 가르침이 자신에게 유익했다고 인정한 것을 보면 말이다. 그 후 그녀는 조금도 망설이지 않고 그런 태도와 결별한다. 《클로딘의 파리 생활》에서 그녀는, "쥘 르나르의 칼날 같은 간결함이 나를 매료시킨다"라고 단언한다.(I, 353)

사실 콜레트는 자신의 어머니가 문학 전반에 대해 품고 있던 냉혹한 판단을 한 번도 번복한 적이 없다.

그녀는 이렇게 말하곤 했다. "이 책들에는 사랑이 얼마나 많은지, 참 당혹스러워. 가엾은 미네-셰리, 인생에는 다른 볼일도 아주 많은데 말이다. 그러니까, 네가 이 책들에서 보는 연인들은 모두 키울 아이도, 돌볼 정원도 절대 갖지 않는 거냐? 미네-셰리, 어디 네가 판단해 보렴. 너나 너의 형제들이, 내가

콜레트와 함께하는 여름

그렇게 사랑 타령을 지겹도록 늘어놓는 걸 본 적 있어? 이 책
들에서 이 사람들이 그러듯 말이다. 사실 내게 그런 발언권이
없는 것도 아니잖니. 나는 남편 둘에 아이를 넷이나 가졌으니
까!"《클로딘의 집》, II, 989)

콜레트가 자신의 스승으로 인정하는 사람은 둘뿐이
다. 한 명은 일곱 살 때부터 죽는 날까지 그녀 곁을 떠
난 적 없는 발자크이고, 다른 한 명은 그녀가 극장에서
자주 만났던 조르주 쿠르트린이다. 그녀는 이 극작가
의 방명록에, "내가 동물들의 언어를 알게 된 게 시도
덕분이라면, 프랑스어는 쿠르트린에게서 배웠고 나는
이를 자랑스럽게 여긴다…"라고 적었다.(PB, 303) 콜레
트는 "박쥐 울음소리 같은 그의 목소리는 귀를 갉았고,
벽에 발린 회반죽을 할퀴었다"라고 말한다.(III, 1013) 그
녀가 자신의 억양을 절대 버리지 않아야겠다고 마음먹
은 건 그 덕분이다. "그는 t는 하나만 발음하고 한가운
데의 e 위에 악상 시르콩플렉스를 커다랗게 얹어서, 나
를 '나의 귀여운 콜레트Colête[24]'라고 부르곤 했다. 그의
입안에서 굴절되는 그 변두리 말투에는 멋스러운 데가

있었다."(IV, 930)

《인간 희극》은 그녀의 바이블이었다. 독일의 파리 점령기 때 사샤 기트리에게 바친 오마주에서, 그녀는 "내가 어느 길로 발자크의 세계에 입문했는가? 나는 그 추억을 잃어버렸다. 하지만 그런 발견에 이르는 길이라면 모든 길이 다 좋다. '넌 너무 어려… 너는 이해하지 못해…'같은 말들로 그 스무 권짜리 우시오 판版에 대한 접근을 막은 이가 아무도 없었다는 게 나로선 행운이었다, 나는 자유롭게 나아갔다"라고 털어놓았다.(OCF, XV, 343) 그 후 그녀는 그의 작품을 전방위로 탐색하길 멈추지 않았다. "토지대장을 소유하듯 그 작품을 소유하는 이는 많지 않다"라고 그녀는 말한다.(344) 또 1950년에는 〈피가로〉에, 발자크는 "내 청소년기의 종교"였고, "네 초기 교육의 가이드…"였다고 털어놓는다.(BS, 174)

〈르 마탱〉의 문학 담당 위원으로 일할 때, 그녀는 1923년에 조르주 심농을 발견하고서 그에게 이런 교훈

24 콜레트의 정확한 철자는 Colette이다.(―옮긴이)

콜레트와 함께하는 여름

을 들려주었다. "당신의 최신 콩트를 읽어보았는데 말이죠. (…) 흠잡을 데가 거의 없는 듯하긴 한데, 아주 그런 건 아니에요. 당신은 너무 문학적이에요. 문학을 해서는 안 돼요. 문학은 안 돼요! 문학을 모조리 없애버리세요, 그럼 괜찮아질 거예요." 그는 그녀의 말에서 교훈을 얻었다. "그것은 나의 인생에서 다른 그 무엇보다도 유익했던 교훈이다. 나는 그런 교훈을 준 콜레트에게 큰 은혜를 입었다"라고 그는 말한다.[25]

콜레트가 좋아한 포맷은 짧은 것, 기사, 콩트, 시평 같은 것이다. 그녀의 책 대부분은 그런 것들이 뒤섞인 모음집이다. 소설을 쓸 때는, 여름 동안 꼬박 로즈 방(바람의 장미)이나 라 트레이여 뮈스카트(사향 포도 덩굴)에서 작업에 매달리지만, 가을에 접어들어, 연재로 게재해야 할 때가 되어도 원고가 준비된 적은 없었다. 콜레트는 책의 마무리에 골머리를 앓는다. 마그리트 모레노에게 쓴 그녀의 편지들은 온통 불평투성이다. 《청맥》의 마지막 페이지가 그녀를 몹시 괴롭혔다. "말미의

25 로저 스테판, 《조르주 심농의 초상 회상》, 케볼테르 출판사, 1989년, p.71

이 같은 과장은 정말 끔찍해."(LMM, 65) 1925년에 나온 《셰리의 종말》도 그녀에게 고통을 안겨주었다. "이 '셰리의 종말'은 나의 종말이 될 거야, 그만큼 지긋⋯ 지긋해."(LMM, 116) 두 경우 모두, "카보숑"[26]에, "조각술"에 넌더리가 나서다. 어느새 10월 말이 되고, 그녀는 이렇게 외친다. "이제는 《셰리의 종말》을 끝내야 해. 어째서 이토록 힘이 드는 거야!"(LMM, 124) "이건 너무 우울한 투쟁, 발톱을 종이로 가는 투쟁이야."(LMM, 129) 그 2년 후, 《날의 탄생》을 쓸 때도 똑같은 고통을 겪는다. "작업이 잘 되냐고??? 이제 27쪽 썼어, 여보. 정말 끔찍해."(LMM, 151) 그리고 그 보름 뒤, "내 작업 말이야? 35쪽 썼는데, 절망이지."(LMM, 152) "일하고 있냐고? 그 일이라는 게, 지난주에 쓴 걸 찢고 다시 시작하는 거라면 그런 셈이지."(LMM, 153) 콜레트는 친한 친구들에게 자신의 고통을 토로한다. 그녀가 애착하는 표현대로 "행수를 늘여 나가며", 윌리의 그늘에서 해방된 이후 스스로 자신의 노동 집행자가 된 그녀지만, 그녀의 이상

26 둥그스름하게 간 보석.(―옮긴이)

콜레트와 함께하는 여름

은 고된 노동, 고통이 눈에 띄지 않는 것이다. 1932년
에 화장化粧 교습 겸 강연을 위해 프랑스와 스위스를 돌
아다닐 때, 그녀는 자신의 광고 활동에 대해 이렇게 말
한다. "지금 내가 하는 일이 아주 편안한 일은 아니에
요. 그래도 종잇장 앞에 앉아 있는 것보다는 언제나 무
한히 낫답니다. 아무리 그 종잇장이 남청색이어도 말
이죠."(LHP, 155)

콜레트는 1939년 12월 〈르 피가로〉에, "글을 쓰고 싶
지 않았던 어느 작가의 추억"(《거꾸로 쓰는 일기》에는 '발 보
온기'라는 제목으로 실렸다)이라는 재미난 글을 게재했다.
이 글에서 그녀는 작가로서의 소명을 철저히 부인한다.

아니다, 나는 글을 쓰고 싶지 않았다. (…) 글 쓰는 몸짓이 내
게 불러일으키던 그 혐오감, 그것은 섭리의 충고 같은 것이
아니었을까? 나는 좀 뒤늦게야 그런 의문을 품게 되었다. 이
미 엎질러진 물이었다. 하지만 젊은 시절, 나는 결코, 결단코
글쓰기를 갈망하지 않았다. 아니다, 나는 한밤중에 남몰래 일
어나, 구두 상자 뚜껑에 연필로 시를 끼적이지 않았다! 아니
다, 나는 영감받은 말들을 서풍이나 달빛에 날려 보내지 않았

다! 아니다, 나는 열두 살에서 열다섯 살 사이에, 문체 숙제에서 19점이나 20점을 받지 않았다![27] 사실 나는, 날이 갈수록 더 분명하게 느꼈다, 정말이지 나는 글을 쓰지 않는 사람으로 태어난 거라고 느꼈다.(IV, 174~175)

이것도 태도와 관계된 걸까? 아니면 문학이 안겨주는 고통의 비싼 대가를 치르고 얻은 의식이라 할 수 있을 것이다.

1917년에 그녀는 지하철을 타고 가다가 원고를 분실한다. 그녀의 삶에서 이보다 더 맥빠지는 일도 없다. "그거… 나는 마음이 여린 사람이 아니지만, 그날 저녁 남편 시디는 두 발이 퉁퉁 부은 채, 자리에 누워 벌벌 떨고 있는 나를 발견했지, 바깥 온도는 28도인데 말이야"하고 그녀는 조르주 와그에게 말한다. 하지만 바로 그다음 날 그녀는, "가정부들이 흔히, '됐어, 정돈 끝'이라고 하듯, 이를 '극복'했다."(LV, 126) 놀라운 에너지다!

---

27 20점이 만점이다.(─옮긴이)

콜레트와 함께하는 여름

38

지지

그렇게, 기나긴 작가의 생을 사는 동안, 콜레트는 영속하는 서너 가지 신화를 창조했다. 클로딘, 시도, 콜레트 그 자신, 그리고 지지다. 그녀 최후의 전설적 피조물인 지지는 전혀 예상치 못했던, 클로딘의 매력적인 아바타 같은 존재다. 주목할 만한 네 여성! 1942년 10월과 11월 두 달에 걸쳐 자유 지대의 한 주간지에 발표된 단편 혹은 짧은 연가 〈지지〉는 연합군이 북아프리카에 상륙하고 독일군이 경계선을 넘는 시기에 쓰인, 벨에포크 시대의 꿈 같은 파리 유녀遊女 사회가 그 배경이다. 지지의 할머니인 마미타와 대고모 알리시아는 그녀에게 시첩侍妾의 길을 터주고자 한다. 그 길은 그녀들 자신이 어느 정도 행복을 맛보며 좇았던 길이요, 그녀들이 보기에는 좀 더 나은 삶을 살 수 있는 유일한 방

도이기도 하다. 지지는 순수한 소녀의 꿈이며, 콜레트
는 윌리에 의해 망가지기 전의 자신을 《나의 습작 시
절》에서 그런 모습으로 그린다.

> 시골 여자로 살게 될 나의 운명을 내가 1894년부터 살았던
> 삶과 맞바꾼다는 것은 그 자체로 하나의 모험이요, 그것은 스
> 무 살 여자애를 충분히 절망시킬 수 있다는 걸 사람들이 이해
> 할까? 그것이 여자애를 도취시키지 않는 한 말이다. 나는 젊
> 은 데다 무지하기까지 하여, 그런 얼얼한 취기로 새 삶을 시
> 작했다. 그것은 비난받을 만한 도취였고, 청소년기의 끔찍하
> 고도 불순한 열정이었다. 성인 남성의 눈요기, 노리개, 방탕
> 의 걸작이 되기를 꿈꾸는 여자애들, 이제 막 결혼 적령기에
> 이른 그런 여자애들은 무수하다. 그것은 여자애들이 충족하
> 면서 속죄하는 더러운 욕망이며, 사춘기의 여러 노이로제와
> 병행하는, 분필이나 목탄을 갈아 먹고, 이 닦은 물을 마시고,
> 음란 서적을 읽고, 손바닥을 바늘로 찌르는 등의 버릇과 병행
> 하는 욕망이다.(III, 997~998)

한데 지지는 기적적으로 자신의 운명에서 벗어나 천

진함을 간직하게 된다. 유녀들의 세계는 이미 《셰리》에서, 셰리의 어머니와 에드메의 어머니, 그리고 레아라는 기품 있는 세 부인을 통해 그려진 바 있다. 벼락부자가 된, 능수능란하고 독립적인 부인들이지만, 그 자녀들이 아주 바람직하게 될 것 같지는 않았다. 지지의 대고모 알리시아는 그녀를 양육하며 그녀에게 큰물의 생활방식들을 심어주고, "미국식 바닷가재, 반숙 달걀, 아스파라거스"를 어떻게 먹는지 가르쳐준다.(IV, 442) 마미타와 그녀는 부유한 청년 가스통 라샤이여에게 눈독을 들인다. 그는 자신의 정부 리안 덱셸망과 막 헤어지고서, 과거 자기 아버지의 시첩이었던 어머니 같은 존재, 마미타의 집으로 은신한다. 그리고 거기서 뜻밖의 사랑과 마주친다. 그에 비하면 지지는 아직 어린아이지만, 그에게 경외심을 품게 하고, 결혼을 요구하고, 끝내 자신의 꿈을 이룬다.

〈지지〉는 동화 같은 이야기요, 콜레트의 소설로서는 드물게 결혼이라는 행복한 결말을 맞는다. 콜레트 본인은 세 번이나 결혼했지만, 사실 결혼은 그녀가 시도처럼 늘 적대감을 보였던 제도다. 콜레트는 암울하던 시기에 이 소설을 구상했다. 남편 모리스 구드켓이 1941년 12월에 체포되어 수용소 생활을 하던 중이거나, 아니면 그가 1942년 2월에 막 석방된 직후의 일이다. 불안을 보상받으려는 듯, 그녀는 경박한 프랑스의 과거 속으로 은신한다. 이 작품은 그녀의 마지막 소설이며, 이후에 나온 글들은 《개밥바라기》나 《파란 등대》 같은 수필이나 회상록이다. 게다가 팩션도 아니고, 진짜 상상의 작품이다.

지금껏 유례를 찾아볼 수 없는 《지지》의 해피 앤드는 콜레트가 우리에게 남기는 멋진 작별 인사다. 과거에 대한 호의적 태도를 몰아내기에 급급한 우리 시대는 지지를 로리타의 사촌으로 만들고, 마미타와 알리시아를 뚜쟁이 취급하게 된다. 콜레트와 베르트랑 드 주브넬의 관계를 페드르와 이폴리트의 관계 같은, 비난받아 마땅한 관계로 판단하듯이 말이다. 하지만 당시 지지는 곧바로 하나의 우상이 되었다. 이 소설은 1949년 자클린 오드리에 의해 영화화되었으며, 다니엘 들로름이 지지 역을 맡았다. 그 후 1951년에는 오드리 햅번 주연으로 뉴욕에서 연극으로 각색되었으며, 1958년에는 빈센트 미넬리 감독에 의해 뮤지컬 영화로 만들어 졌다. 레슬리 카론이 주연을 맡았고, 이 영화를 위해 꾸 며낸 마미타의 옛 정부, 즉 가스통의 삼촌 역을 모리스 슈발리에가 맡아 신화를 완성했다.

모리스 슈발리에는 콜레트가 리옹에서 〈살갗〉 순회 공연을 할 때인 1909년부터 그녀와 알고 지냈다. 훗날 그는 자신의 회고록에서, "(⋯) 그녀는 약간 작달막했 고, 포동포동하되 흉한 군살이 없었고, 묵직하고 꽉 찬, 찰싹 달라붙어 늘어지지 않는 가슴을 갖고 있었다. 그 것은 세상에서 가장⋯ 아 젠장맞을!⋯ 가장 탐스러운 가슴이었다"라고 적게 된다. 연정을 품은 소심하고 말 없는 청년이었던 그는 감히 속내를 드러내지 못했다(당 시 그는 스무 살 청년이었고, 그녀는 명성 있는 서른여섯 살 여인이 었다). "(⋯) 나는 그녀에게 아무것도 털어놓지 못했고, 내 마음의 약속은 한때의 움츠러든 연정으로 끝났다."[28] 콜레트는 곧바로 그를 《방랑하는 여인》에 등장시킨다.

---

28 《나의 길과 노래들》, 칠리아르 출판사, 제1권, 1946년, pp. 178~180.

카바이용, 뮤직홀 세계에서 이미 유명한 이 젊은이는 모든 이의 부러움을 산다. 그에 대해 사람들은 (…) "그는 뭐든 자신이 원하는 것을 얻는다"라고 말한다. 이미 우리는 두세 번, 이 스물네 살 난 장신의 청년과 길에서 우연히 마주쳤다. 그는 마치 뼈를 발라낸 듯 뱀-인간처럼 걸으면서, 가냘픈 손목 끝에 너무 무겁게 걸린 두 주먹을 흔든다. 앞머리를 자른 금발 아래, 얼굴은 예쁘게 생긴 편이나, 이리저리 떠도는, 음험한, 접시꽃 빛깔의 흐린 시선은 거의 정신착란에 가까운 심한 신경쇠약증이 있음을 말해준다.(I, 1204)

나중에 그녀는 이 내용 일부를 수정했던 것 같다. "(예쁘게 생긴) 편이라고? 나도 참 까다로운 사람이었어! 모리스 슈발리에는 늘 매력적이지 않았나? 1944년에는 더욱 그렇고"라고, 《방랑하는 여인》의 책 여백에 적게 된다.(I, 1629) 그녀는 카바이용에게 "인색하다"라는 수식어도 붙였었다. 그러다 둘 다 저명인사가 되자(국가 기념물 같은 존재가 되는 것이 자신들의 운명인 줄을 1909년에 어찌 알 수 있었겠는가?), 옛날의 못마땅한 점에 대해서는 침묵하고 서로 상대를 치하하게 된다.[29] 심지어 그녀는 당시 그가

콜레트와 함께하는 여름

고백하지 않은 걸 애석해하며, 1950년에 앙드레 파리노에게 이렇게 털어놓는다. "그랬으면 아마 나도 아니라고 대답하지 않았을 거예요."(I, 1628 ; MV, 132를 볼 것)

하지만 콜레트가 죽은 지 몇 년 후인 1958년에, 모리스 슈발리에가 〈지지〉에 출연함으로써, 반세기의 원은 끝을 맺는다. 클로딘에서 시도를 거쳐 지지에 이르기까지, 콜레트 신화는 그 세월을 완벽하게 버텨냈다.

29 아니 르벨, "모리스 슈발리에의 첫사랑", 〈마리 클레르〉, 1937년 5월 21일, p. 39.

39

전통

《방랑하는 여인》의 맨가슴 드러낸 작달막한 운동선
수가 이제 관절염에 마비된 불구의 의젓한 노부인으로
변했다. 팔레 루아얄 정원이 내려다보이는 2층 거실을
나서는 일이 거의 없는 이 노부인은 지난날의 그 유황
냄새 풍기는 평판과는 거리가 멀게, 늙은 프랑스에, 프
랑스 토산물에 동화되었다. "어렸을 때부터 나는 프랑
스 포도주를 잘 알고 그와 반말을 한다." 1940년에 니
콜라 포도주 회사를 위해 쓴 광고 문구에서, 그녀는 그
렇게 말했다.(SME, 123)

콜레트의 전통주의자 이미지는 독일의 프랑스 점령
기, 1940년과 1941년에 〈파리-수아르〉를 통해 할머니
의 조언을 들려주던 시기, 플로냐르드 요리법으로 많
은 독자에게 감사 편지를 받던 시기로 거슬러 올라간

콜레트와 함께하는 여름

다. 그러나 사실 그 전기轉機는 그보다 더 일찍, 미식美食을 소재로 마련되었었다. 1929년, 그녀는 〈보그〉에 '항의'라는 제목의 기사를 실어, 소위 '할머니 요리'라는 것의 유행을 고발하면서, "가짜 시골 바늘집"과 핀제르브[30]의 스노비즘, 숯불에 구운 쇠고기, 크림 바른 송아지 고기, 옛날식 스튜 요리와 닭 요리를 변질시키는 코냑 한 숟가락이나 칼바도스 한 잔의 스노비즘을 규탄했다. 그녀는 60개의 마늘이 들어가되 마늘 맛이 나지 않는, 거위 간과 백포도주를 곁들여 익힌 진짜 토끼 요리를 옹호했다. "집단의 영광을 위해 희생되어, 비길 데 없는 소멸로 환원된 그 알아볼 수 없는 60개의 마늘, 그러나 그들은, 인지할 수는 없지만, 위로 기어오르는 식용 향료들의 가벼운 식물상을 떠받치는 여상주女像柱들처럼 거기에 있다…."(III, 717) 그녀는 "비단 없는 비단, 황금 없는 황금, 굴 없는 진주, 육체 없는 비너스…"의 시대에 훼손된 "프랑스 미식의 자존심"을 옹호했다.(III, 718)

---

30 민트·파슬리 따위의 향기로운 야채.(一옮긴이)

이 옛날식 진짜 식이요법 때문에, 콜레트는 몸무게가 늘었다. 그녀는 1923년에 친구 엘렌 피카르에게 보낸 편지에서, "로즈방은 열기가 지글거리고 햇빛이 찬란한 곳이야. 내 엉덩짝만큼이나 큰 두꺼비들도 있지!"라고 쓰며,(LHP, 51) 마그리트 모레노에게는 "(…) 몸무게를 재보니, 거의 81킬로야!!!"라고 쓴다.(LMM, 59) 그것은 그녀가 과거를 존중하고, 국민에게 충실하듯 전통에 충실하고, 언어에 충실하듯 요리에 충실하다 치른 대가다.

프로방스의 한 여자 농부가 말한다-"그 사람이 길에서 죽도록 그냥 내버려 둬야 했을까요?" 콜레트는 이 문장 속 시제의 일치에 감탄을 금치 못한다.

이 멋진 문장은 17세기 냄새를 풍기지만, 글을 모르는 사람의 입에서 여기 이렇게 꽃을 피웠다. 3년 전, 시골에서 날품팔이 일을 하며 사는 한 여자가 우리 집 앞 소로에 나동그라져 있는 두 존재를 발견했다. 이쪽에는 한 젊은이가, 저쪽에는 자전거 한 대가 쓰러져있었다. 그녀는 압박붕대를 써서 "어유! 딱해라… 어유! 가엾게도… 오, 성모 마리아님…"을 중얼거

리며, 술에 취하기까지 한 그 젊은이를 치료해주었고, 젊은이
는 붕대를 다 감고 나자, 몸을 일으키더니, 자전거를 챙기고
는 고맙다는 인사도 없이 가버렸다.("프로방스 V",《거꾸로 쓰는
일기》, IV, 200~201)

콜레트는 이 또한 현대 세계에 맞서 구습舊習을 옹호
하는 계기로 삼는다.

(…) 시골의 하얀 먼지를 뒤집어쓴 채 반짝거리는 아름다운 언
어의 보석과 마주칠 때마다, 나는 고급 화법의 구문이 사방에
서 밀려드는 은어며 스포츠 특수어, 거들먹거리는 유머 등의
자연 증식을 억압한다는 사실에 감탄을 금치 못한다. 그런 것
들에 저항하는 말솜씨 좋은 이들은 사실 들판과 포도 압착기
사이를 오가며 살지, 소도시나 항구 쪽으로는 거의 나가지 않
는다. 그들은 자신들 할아버지가 말했듯이 말하며, 할아버지
에게서 배운 대로 말한다. 그 멋진 신랄한 과거형들, 그 접속
법 반과거들은 점차 사라질 것이다. 하지만 우리 집 여자 관
리인은 유창하게 말한다 "이 잡초 불火 말인데, 이건 새벽에,
축축할 때 피워야 할 것 같아요…"

라틴 세계의 영혼이 담긴 말들을 사용한다고 해서, 그녀가 라틴어를 알까? 바람에 다쳐 우리 집의 타원형 장식무늬 기왓장 아래로 피신했던 제비를 치료해줄 때, 그녀는 이렇게 말한다. "그냥 놔두세요, 내일이면 다시 기력을 회복할 거예요."(IV, 201)

1911년에 실시된 〈메르퀴르 드 프랑스〉의 한 설문조사에서, 그녀는 "나는 당신이 말씀하시듯이, '프랑스 작가로 성장'하는 데 라틴어가 도움이 되는지 어떤지 모르겠어요. 어쨌든 나는 모르겠네요. 그런 생각을 해본 적이 한 번도 없어요"(II, LXII)라고 대답하나, 새롭게 생겨나는 나쁜 언어 습관들에 대해 점점 더 격하게 반응한다.《암고양이》에서, 알랭과 카미유 사이의 불화는 분명 샤르트뢰즈 암고양이 사하에 대한 알랭의 집착 때문이지만, 프랑스어에 대한 알랭의 집요한 애착도 문제가 된다. 그들이 살 집이 다 지어질 때까지, 친구인 파트릭이 그들에게 자기 아파트를 빌려주자, 카미유가 외친다.

콜레트와 함께하는 여름

"그렇지! 이럴 때 우리가 덕 좀 봐야지!"

그녀는 매우 여성적인 부도덕성을 드러내며 환하게 웃었고, 알랭은 그런 태도에 익숙하지 않았다. 다만 그는 그녀가 '우리nous'라고 하지 않고 일반 사람을 가리키는 '우리on'를 써서 말하는 그 방식만 탓했고, 그녀는 그것을 애정 어린 질책으로 여겼다.

"금방 습관이 들 거야, '우리nous'라고 말하는 습관 말이야…."(III, 813)

여기서는 카미유의 프랑스어 오용이 무엇보다 중대한 실수로 여겨진 듯하나, 알랭은 자기 어머니에 대해서는 훨씬 더 관대한 태도를 보인다. "'점심은… 그리 잘 먹지 못한 것 같구나. 그런 대상隊商 숙소에서 먹었으니!' 알랭은 미소를 지었다. 발벡 호텔 지배인처럼, 어머니가 늘 '잡동사니capharnaüm' 대신 '대상 숙소 caravansérail'라고 말하기 때문이었다."(III, 834)

콜레트는 글을 쓸 마음이 전혀 없었다고, 그저 생계 때문에, 일찍 일어나고 늦게 자며 "매일, 천천히, 착실히" 글을 썼던 거라고 주장했을 뿐 아니라, 자신에게는 단어나 구문이 그 시골 날품팔이 일을 하는 여자나 여자 관리인의 접속법 반과거처럼 그리 자연스럽게 떠오르지도 않았다고 주장했다. 그녀는 글을 쉽게 쓰지 못했고, "붓의 흐름"에 따라 글을 쓴다는 게 뭔지 몰랐으며,(MV, 223) 또한 쓴 글을 끊임없이 고치고 또 고쳤다. 그녀는 1939년에 쓴 글 "글을 쓰고 싶지 않았던 어느 작가의 추억"을 이렇게 맺는다. "프랑스어는 참 어려운 언어다. 글을 45년째 쓰다 보니 이제야 좀 알 것 같다."(IV, 176)

요리와 언어, 입이 누리는 이 두 가지 즐거움을 콜레트는 시종일관 간직했던 것 같다.

40

파란 종이

"콜레트는 곧 삶이다. 문학이라는 것을 막 알게 되었을 때, 그러니까 숙제 때문이 아니라 글이 재미있어서 읽기 시작했을 때, 그렇게, 어느 날, 우연히, 콜레트의 작품을 만나본 사람이라면 더는 그를 잊을 수 없게 된다." 콜레트의 작품세계를 연구하여 석사 논문을 쓴 J. M. G. 르 클레지오는 이 작가에 대해 그렇게 말했다. "사람들은 콜레트가 '감각파'였다고 말하지만, 그것은 턱없이 부족한 말이다. (…) 콜레트에게는 땅에서 나는 모든 것에 대한 격정적 예찬이 있고 동물적인 모든 것에 대한 숭배가 있다." 콜레트에 대한 그의 결론은 이렇다. "이 세상에 유일한 질료의 작가, 우리는 그런 당신을 무척 사랑한다."[31]

내가 국립도서관에서 프루스트의 원고를 연구하던

시절, 그의 그 끝없이 긴 "종이 롤"과 난해한 서체 때문
에 골머리를 앓던 나는 옆자리 친구들이 둥글고 분명
한 큰 글씨들로 뒤덮인 아름다운 파란색 종이 뭉치들
을 앞에 펼쳐둔 것을 보고 그렇게 부러울 수 없었다.

　파란색은 콜레트의 색깔이다. 《날의 탄생》에서는 모
든 것이 파랗다. 바다, 날, 공기, 우유, 불꽃, 비, 밤, 소
금, 선인장, 수증기, 빛, 선원들, 피 등, 모두가 "우주의
파랑"의 파랑들이며, 종이까지도, 페이지 위의 잉크나
시도가 파란 우유를 끓이던 "작은 파란 냄비"와 마찬가
지로, "파랑 대 파랑"이다.(《클로딘의 집》, II, 1052)

　《개밥바라기》에서 콜레트는 "파란색 종이에 마음이
편해지는 습관"이 밴 것이 "앙리 뒤베르누아 때문"이라
고 회상한다.

> "부인, 흰 종이는 그만 쓰세요, 그건 부인의 망막을 갉아 먹어
> 요. 접시꽃 빛깔이나, 장밋빛, 물의 초록빛 중에서 고르세요.
> 약간 우울한 노란색은 치우시고, 파란색이 부인께 아주 잘 어

---

31 〈르몽드〉, 1973년 1월 25일.

울려요. 주르 가街의 고베르에게 가서, '변호사용으로 재단한 유색 모조지'를 달라고 하세요."

내가 변호사협회에 가입할 일은 없었지만, 그 파란 종이는 오랫동안 나와 함께했고, 그러다 그것을 다 써버리고 말았다. 고베르를 찾아가자, 그가 말했다. "그 종이는 다 떨어졌어요. 부인께서 한 큐브를 구매하신다면 제가 마련해드릴 수 있어요." "그럼 한 큐브를 구해줘요!" 하지만 고베르에게서 한 큐브가 2만 5천에서 3만 킬로그램 분량의 종이를 뜻한다는 얘기를 듣고, 나는 어쩔 수 없이 다른 쪽빛을 받아들일 수밖에 없었다….(IV, 800~801)

《날의 탄생》에서는 종이가 "푸르스름"하다. 마땅히 파란색이어야 할 《파란 등대》에서는, 종이가 "파르스름"하고, 우유가 "푸르스름"하며,(IV, 965, 971) 《개밥바라기》의 원고는 라벤더의 파란색, 보랏빛이 나는 푸른색, 밝은 파란색, 하늘빛 파란색, 터키옥빛 파란색이다.(IV, 1366)

콜레트는 《날의 탄생》에서 자신의 암고양이, 세 번째인 마지막 암고양이에 대해 이렇게 말한다. "이제 나는 그 고양이 얘기는 별로 더 하지 않을 생각이다. 남은 것은 침묵, 한결같은 사랑, 영혼의 충격, 내가 쓰는 모든 것을 담는 파란 종이 위 쪽빛 형체의 그림자, 그 젖은 은빛 발들의 소리 없는 이동뿐이다…."(III, 302) 그녀는 1939년 1월 27일 자 〈마리 클레르〉에 이 마지막 암고양이에 관한 글을 하나 싣는데, 기사에 고양이 사진도 함께 실렸다. 고양이가 두 발을 파란 종이 위에 올려놓은 채, 콜레트의 손가락 끝에 걸린 만년필의 움직임을 눈으로 좇는 사진이다.

콜레트는 아버지처럼 사무용품에 강한 애착을 느꼈다. 1935년에 뉴욕에 닷새간 머무르게 되었을 때, 그녀는 박물관이 아니라 파카 만년필 공장을 방문했다. "택시를 잡아타고 빌어먹을 그 만년필을 사러 갔다―파리의 리볼리 가에 똑같은 만년필이 있는데도 말이다."(CJ, 187) 《파란 등대》에서는 자신의 "만년필 다발"(다른 글에서는 "만년필 마구간"[32]이라고 말한다)을 떠올리고, 이 다발이 놓여 있는 "침대맡 테이블"을 떠올린다. 친구인 화가 뤽-알베르 모로가 생트로페에서 제작한 "짧은 네 발짜

---

[32] 프랑스 일간지 〈랭트랑시장〉, 1935년 8월 4일 자, p. 4.

콜레트와 함께하는 여름

리 악보대-테이블"이다. 이것은 나중에 폴리냐 왕녀가 선물한 영국 가구로 대체된다. "(…) 이 가구는 나의 긴 침대 겸 의자에 걸쳐있어, 4반세기 동안 나의 휴식과 일을 만족시켜주고 있다." 덕택에 그녀는 "나의 안락과 작업에 늘 해로웠던 자세, 말하자면 발을 늘어뜨리고 앉는 자세에서 벗어나",(IV, 966~967) 그 "작업 뗏목" 위에서 항해하며 "글을 쓸 수"가 있다.(IV, 998)

대장은 백지가 주는 불안을 극복하지 못했다. 그의 작품은 상상에 그쳤고, 그래서 그는 온 가족이 끝내 다 쓰지 못한 백지 한 큐브를 시도에게 남겼다.《나의 습작 시절》에서 콜레트는《클로딘의 학교생활》을 쓸 때 "문방구로 가서 초등학생용 공책과 비슷한 노트를 사야" 했으며, "가장자리에 붉은 테두리가 있고 회색 줄이 쳐진 그 낱장들, 검은색 천이 입혀진 등, *서예가*라는 제목과 메달 장식이 들어있는 표지 등이 숙제에 대한 강한 집념 같은 것을, 주문받은 일은 반드시 해야만 한다는 절대적 복종 같은 것을 자신의 다섯 손가락에 다시 심어주었다"라고 이야기한다.(III, 995) 그 후, 그녀에게 글쓰기를 허용한 건 파란 종이다. 이 종이 덕에 그녀는 항상 주문받아 쓰는 글들을 쓸 수 있었다.

그리고 더는 멈추지 않았다. 잡지에 발표한 마지막 글 중 하나, 1953년 1월 24일 〈르 피가로 리테레르〉에 생일 기념으로 발표한 글 "작가의 소굴"에서, 그녀는 이렇게 털어놓는다. "여든 살이 되어서야 나는 훈련된 작가에게 글쓰기를 중단해야 하는 나이란 존재하지 않는다는 것을 확신했다." 그리고 마침내, 아마 생전 처음으로, 그녀는 글쓰기에 대한 내밀한 욕구, "한 번도 내가 지붕 위에 올라가 그 절박함을 외친 적 없는 그런 욕구의 존재"를 인정한다. 그리곤 "글쓰기를 끝냈으면 하고 바랐던 그 세월 내내, 나는 너를—그리고 나를—충분히 경계하지 않았던 것일까?"라고 뒤를 잇는다.(BS, 254~5) 마치 그 욕구를 받아들이는 건 곧 그녀의 종말이나 고갈을 초래하는 것인 양 말이다.

하지만 콜레트는 결코 글쓰기를 중단하지 않는다.

(…) 글쓰기는 글쓰기로 이어질 뿐이기 때문이다. 겸허하게, 나는 또 글을 쓸 것이다. 나에게 다른 운명은 없다. 한데 글쓰기를 그만두는 때는 언제가 될까? 무엇이 그런 때를 예고해

줄까? 손의 비틀거림일까? 예전에 나는 다른 일들처럼 이 일에도 글로 적힌 임무 같은 것이 있으리라고 믿었다. 연장을 내려놓고, "끝났어!"하고 기쁘게 외치며 손뼉을 치면, 우리가 값진 것이라고 믿었던 모래알들이 손에서 비처럼 쏟아진다…. 그때 그 모래알들이 적는 형체에서, 우리는 이런 말들을 읽게 된다—"다음에 계속…."(IV, 1060)

이것이 그녀의 마지막 책,《파란 등대》의 마지막 말들이다.

감사의 말

　콜레트의 작품 전문가이자 편집자인 자크 뒤퐁이 이 글을 흔쾌히 검토해주었다. 나의 누이 안 에스맹과 동생 베르나르 콩파뇽, 그리고 마티유 베르네가 몇 가지 실수를 바로잡아주었다. 그들에게 감사하며, 2021년 여름, 또다시 나를 〈프랑스 앵테르〉에 맞이해준 로랑스 블로크와 방송을 맡았던 자비에 페스튀지아, 그리고 나의 편집자인 안-쥘리 베몽과 올리비에 프레부르에게도 감사의 마음을 전한다. 물론 아직도 남아 있을 실수들은 모두 내 책임이다.

　　　　　　　　　콜레트와 함께하는 여름

콜레트의 반反문학

콜레트는 많은 스캔들을 빚은, 그 일탈적이고 변화
무쌍한 삶으로 우리를 매혹한다. 그녀는 20대에 파리
를 뒤흔든 히트작을 써낸 유령 작가였고, 맨 가슴을 드
러낸 팬터마임 배우였으며, 뮤직홀 연예인, 신문 기자,
화장품 사업자, 영화 시나리오 작가, 광고 카피라이터
등, 변신에 변신을 거듭하며 끊임없이 자기 자신을 재
창조해나가는 삶을 살았다. 그래서 그녀는 변신 능력
을 지닌 해신海神 프로테우스에 비유되거나, 요지경 혹
은 만화경 같은 삶을 산 작가로 일컬어지곤 한다. 이
책에서 콩파뇽은 콜레트의 남편 윌리의 이름으로 출간
된 《클로딘》 연작에서부터 그녀의 마지막 책 《파란 등
대》까지, 마치 전기를 써나가듯, 거의 연대순으로, 변
화무쌍한 그녀 삶의 주요 국면들을 한 토막씩 되짚어

가며, 삶과 작품의 긴밀한 상관관계를 추적해나간다.

콩파뇽이 함축적이고 간결한 필치로 그려낸 이 매력적인 '콜레트 초상화'에 우리가 덧붙일 게 뭐가 있을까? 한 가지만 되짚어보도록 하자. 그것은 바로 '문학'에 대한 콜레트의 생각이다. 이 책에서 저자가 여러 차례 언급하고 있듯이, 콜레트에게 글쓰기는 돈벌이 수단의 하나였을 뿐이다. 콜레트 자신도 누차, 자기는 작가가 되고 싶은 마음이 추호도 없었고, 문학에 소질도 없었으며, 문학을 좋아하지도 않았다고 말했다. 심지어는 한 신인 작가(조르주 심농)에게, 문학을 해서는 안 된다고, 당신 글에서 문학을 모조리 없애버리면 좋아질 거라고 조언하기까지 한다. 하지만 콜레트 자신은 다양한 직업을 갖고 변화무쌍한 삶을 사는 동안 중단없이 글을 썼다. 반세기도 넘는 작가의 삶을 살면서 60여 권의 책과 2천 편의 기사를 썼고, 그 공로로 국장國葬의 예우를 받은 프랑스 최초의 여성 작가가 되었다. 말과 행동 간의 이 수수께끼 같은 모순, "작가가 되고 싶지 않았던 대작가"의 이 아이러니를 어떻게 이해해야 할까?

콜레트와 함께하는 여름

콜레트 탄생 150주년을 기념하는 라디오 특집 방송 프로그램('레 마탱' 드 〈프랑스 퀼튀르〉)에서, 《우리들의 콜레트》·《콜레트의 7가지 생》을 쓴 프레데릭 마제는 콜레트가 "소위 '문학'이라는 것을 다시 생각해 보게 하는 작가"라고 말한다. 그는 "문학을 해서는 안 된다"라는 콜레트의 조언을, 상상으로 허구를 꾸며내려 들 게 아니라 당신이 온몸으로 느낀 삶, 삶 그 자체에 가장 가까운 글쓰기를 찾도록 노력하라는 뜻으로 해석한다. "글쓰기를 통해 세계와의 관능적 접촉을 되찾는 것, 그것이 그녀의 삶과 작품이 주는 가장 큰 교훈"이라는 것이다.

사실 콜레트에게는 문학적 상상력으로 꾸며낸 허구로서의 문학 작품이 거의 없으며, 그녀의 모든 작품, 그녀의 모든 글은 그녀의 삶과 긴밀하게 연관되어 있다. 이는 곧 그녀에게 문학은 픽션fiction이 아니라 팩션 autofiction이라는 얘기이며, 콩파뇽이 이 책에서 언급하듯, 그녀가 '팩션'이라는 새로운 문학 형식의 발명자가 된 것이 어쩌면 그녀의 '반문학' 덕분이라고 얘기할 수 있을 것 같다.

글이 문학을 하는 도구가 아니라, 세계와의 관능적 접촉을 되찾는 수단이라는 이 생각, 그녀는 언제부터 그런 관념을 품게 된 것일까? 이 물음은 우리를 그녀의 고향 땅, 그녀가 태어나 열여덟 살까지 살았던 생-소뵈르의 그 고향 집으로 이끈다.

"나는 내가 떠나온 고장에 속한다."

콜레트의 이 말은 그녀의 삶 전체, 그녀의 작품 전부가 그녀가 떠나온 그 고향 집, 그 정원의 동물과 식물들, 거기서 함께 산 가족과 따로 떼어놓고 생각할 수 없음을 의미한다. 콩파뇽도 이 책에서 콜레트의 집과 가족에 관해 많은 지면을 할애하고 있지만, 콜레트 탄생 150주년을 기념하는 또 다른 한 특집 방송('라 그랑드 리브레리')에서 우리는 "아이들과 정겨운 동물들이 마음껏 누린 그 행복한 집의 따뜻한 무질서"에 관해 좀 더 많은 생생한 증언을 보고 들을 수 있다.

마을에서 고립된 은둔처 같은 곳, 성채 같고 요새 같은 이 '콜레트의 집'은 한쪽 면은 도로에 접해 있으나,

반대쪽, 크고 작은 두 개의 정원이 있는 안쪽은 그들만의 별세계였다. 이 '에덴'에서 그들은 마치 인간의 자취가 없는 자연 속 야생인들처럼 살았다. 콜레트의 부모는 시대에 앞선 교양 있는 현대인이었고, 시도는 자연에 대한 독특한 관념을 지닌 사람이었다. 그녀에게 자연의 이상향은 원초적 상태로 되돌아간 자연, 인간의 자취가 없는 야생 상태로 되돌아간 자연, 어느 순간 인간과 동물과 식물이 조화롭게 살게 된 자연이다. 그래서 이 고립된 은둔처에서는 개나 고양이, 닭은 물론이요, 티티새, 다람쥐, 박쥐 등, 온갖 동물들이 집안을 제멋대로 돌아다녔고, 심지어 부모님 방에는 매일 밤(새벽 3시) 천장에서 내려와 어머니 시도가 마련해둔 식사(따뜻하게 끓여둔 초콜릿 음료)를 하고 다시 천장으로 돌아가는 거미까지 있었다. 콜레트가 자유롭게 뛰노는 동물들을 벗 삼아 18년간 행복하게 살다가 부모의 재정 파탄이라는 비극을 겪고 떠나야만 했던 이 집은 콜레트의 창조적 힘의 원천이며, 그녀는 죽는 날까지 창작의 힘, 변신의 힘이 필요할 때마다 이 집으로 되돌아오고 또 되돌아온다. 그녀가 말하듯, "완성을 지향하는 것은 곧 출발점으로 되돌아가는 것"이기 때문이다.

동물과 식물들, 다양한 생명체들이 부화하고 마음껏 뛰노는 이 집에서, 야생의 아이 콜레트가 얻은 가장 큰 교훈은 무엇일까? 그것은 어머니 시도가 그녀에게 심어준 '살아있는 것'에 대한 존중심이다. 이 책 18장 '플로라와 포모나'에는 시도가 자신이 파묻은 것에 내용물을 가리키는 이름표를 붙여두지 않아, 묻어둔 게 "샤프란 알뿌리 가족인지, 아니면 공작나비 번데기인지" 몰라 곤란해하는 일화가 인용되어 있다. "그거야 파보면 알지"라고 말하는 딸에게, 시도는 "절대로 안 돼! 번데기라면 공기에 닿으면 죽을 거고, 크로커스라면 빛이 그 하얀 새순을 말려 죽일 테니, 만사 도루묵이잖니! 알아들었니? 건드리지 마?"라고 나무란다. 프레데릭 마제는 이 유명한 일화를 콜레트와는 약간 다르게 전한다. 딸에게 시도가, "이 여덟 살짜리 살인자 같으니라고. 너는 살고 싶어 하는 것들의 마음을 전혀 이해하지 못하는구나!"라고 호되게 꾸짖었다는 것이다.

대지의 가장 내밀한 속에 있는 생명까지 존중하는 법을 배우고 부화와 개화의 시간을 주라는 것, 살아 있는 것, 살고자 하는 모든 것을 존중하고 배려하라는 이 가르침이 세계와의 관능적 접촉을 '되찾는' 수단으로서의 글쓰기의 출발점이 아니었을까. 바로 이 집에서 그녀는 아주 어렸을 때부터, '몸으로 생각하는 법'을 배우지 않았겠는가.

> "나는 몸이 생각하는 사람이다. 나의 몸은 나의 뇌보다 더 똑똑하다. 뇌보다 더 섬세하게, 더 완전하게 느낀다. 나의 모든 피부는 하나의 영혼을 갖고 있다."

콜레트는 머리(상상)보다 몸(감각)을 더 중시했다. 세계를 구성하는 질료들과 그 짜임에 대한 콜레트의 열띤 주의력은 그녀의 전 작품을 관통하는 요소다. 그녀는 꿈꾼 세계, 삶에 대한 상상이 아니라, 있는 그대로의 세계와 삶 그 자체를 쓰고자 했다. 자신이 온몸으로 경험한 세계, 자신이 보고, 듣고, 냄새 맡고, 만져본 실세계를 좀 더 정확하게, 좀 더 잘 표현하기 위해 고심하며 사전에 없는 많은 말을 만들어내기까지 했고, 그래서 그녀의 텍스트는 이 "세계의 살chair du monde"(줄리아 크리스테바)을 다시 느끼게 해주는 매체가 된다. 르 클레지오가 콜레트를 "이 세상에 유일한 질료의 작가"라고 한 것은 그래서다. 그의 말에 다시 한번 귀 기울여보자. "콜레트는 곧 삶이다. (…) 사람들은 콜레트가 '감각파'였다고 말하지만, 그것은 턱없이 부족한 말이다. (…) 콜레트에게는 땅에서 나는 모든 것에 대한 격정적 예찬이 있고 동물적인 모든 것에 대한 숭배가 있다."

　"문학 냄새"가 싫었다는 콜레트, 그녀는 몽상의 방에 틀어박혀 허구를 짜내는 작가 노릇에 갇히길 거부하고 세상 속으로 뛰어들었고, 그리하여 한 편의 거대한 인생 드라마, 다시 말해 삶과 있는 그대로의 세계가 일체화된, 천변만화하는, 만화경 같은 '하나의 작품'을 썼다. 그녀의 '반문학'은 아이러니하게도 다른 어느 작가보다 더 풍요로운 문학적 결실을 거두었으나, 애석하게도 아직 우리 독자에게는 그녀의 작품이 제대로 소개되지 않아 유감이다. 그녀의 반문학이 한국 독자들에게도 사랑받게 될 날을 기대해본다.

2023년 여름, 김병욱

　콜레트와 함께하는 여름

콜레트와 함께하는 여름

첫판 1쇄 펴낸날 2023년 7월 3일

지은이 | 앙투안 콩파뇽
옮긴이 | 김병욱
펴낸이 | 박남주

종이 | 화인페이퍼
인쇄·제본 | 한영문화사

펴낸곳 | (주)뮤진트리
출판등록 | 2007년 11월 28일 제2015-000059호
주소 | 서울시 마포구 토정로 135 (상수동) M빌딩
전화 | (02)2676-7117 팩스 | (02)2676-5261
전자우편 | geist6@hanmail.net
홈페이지 | www.mujintree.com

ⓒ 뮤진트리, 2023

ISBN 979-11-6111-119-3 04860
        979-11-6111-071-4 (세트)

• 책값은 뒤표지에 있습니다.